Fear Street

R. L. Stine

Ohne jede Spur

Ein wortloser Abschied

Aus dem Amerikanischen übersetzt
von Sabine Tandetzke

Loewe

Dieses Buch ist auf chlorfrei gebleichtem Papier gedruckt.

ISBN 3-7855-3353-5 – 2. Auflage 1999
Titel der Originalausgabe: Missing

Veröffentlicht mit Genehmigung des Originalverlags, Pocket Books, New York.

Aus dem Amerikanischen übersetzt von Sabine Tandetzke
Umschlagillustration: Arifé Aksoy
Umschlaggestaltung: Pro Design, Klaus Kögler
Gesamtherstellung: Wiener Verlag
Printed in Austria

Kapitel 1

Als Mom und Dad die erste Nacht nicht nach Hause kamen, haben wir uns zuerst nicht besonders darüber aufgeregt. Bei uns lief nämlich eine Riesenparty.

Eigentlich war das gar nicht geplant. Wir fühlten uns ein bisschen einsam, und deshalb lud Mark Gena ein. Dann rief ich Lisa und Shannon an, meine beiden neuen Schulfreundinnen. Die luden noch ein paar andere Leute ein, und bevor wir richtig wussten, was los war, feierten plötzlich ungefähr zwanzig Leute in unserem Wohnzimmer, das Mark und mir immer noch so neu und ungemütlich vorkam.

Wir waren erst vor zwei Monaten hier eingezogen – Anfang September –, um rechtzeitig mit Beginn des Schuljahres an der Shadyside Highschool anfangen zu können. Und obwohl dieses Haus zweimal so groß war wie unser altes in Brookline, war es viel älter und wirkte heruntergekommener.

Die Leute, die wir an der Highschool kennen lernten, verhielten sich immer ganz merkwürdig, wenn wir ihnen sagten, dass wir in der Fear Street wohnten. Sie fingen sofort an, uns Geschichten über furchtbare Dinge zu erzählen, die in unserer Straße und den dichten Wäldern dahinter passiert waren. Geschichten über unheimliche Gestalten, über Menschen, die einfach verschwanden und nie wieder auftauchten, über Geister, und lauter solche Sachen.

Ich bin sicher, dass Mark diese Schauergeschichten für wahr hält. Er glaubt nämlich immer alles, was man ihm erzählt. Obwohl mein Bruder ein Jahr älter ist als ich, bin ich längst nicht so gutgläubig wie er und viel zynischer.

Mark ist ein richtig netter Kerl. Offen und geradlinig – und so sieht er auch aus. Mit seinen breiten Schultern, dem kräftigen Hals, den blond gelockten Haaren und den tiefgrünen Augen wirkt er ein bisschen wie ein Bodybuilder. Aber sein Aussehen täuscht – er ist nicht blöd oder naiv, er hat einfach Vertrauen zu anderen Menschen. Er zieht die Leute nie auf, und ich glaube, er merkt es nicht mal, wenn er selber auf den Arm genommen wird.

Mark schließt ganz leicht neue Freundschaften, weil ihn alle auf Anhieb sympathisch finden. Bei mir ist es da schon schwieriger. Wahrscheinlich schreckt mein etwas schräger Sinn für Humor einige Leute erst mal ab. Deswegen waren die meisten unserer Partygäste auch neue Freunde von Mark, die er in der kurzen Zeit kennen gelernt hatte.

Ich hatte einen ganz guten Draht zu Lisa und Shannon, mit denen ich in eine Klasse ging, aber so richtig dick befreundet waren wir bis jetzt nicht. Außerdem war mir noch kein Junge über den Weg gelaufen, der mir wirklich gut gefiel. Mark hatte da mit Gena Rawlings mehr Glück gehabt.

Gena war auch der Grund für den großen Krach am Frühstückstisch, der an diesem Morgen stattfand. Mark hatte einen richtig heftigen Auftritt mit meinen Eltern, bevor er zur Schule ging. Mom und Dad waren nämlich mit Gena überhaupt nicht einverstanden und wollten nicht, dass Mark und sie sich weiterhin sahen. Dabei waren die beiden regelrecht unzertrennlich. Es war wirklich rührend, sie zu beobachten. Mark entwickelt immer gleich ziemlich starke Gefühle, wenn er mit einem Mädchen zusammen ist, aber ich glaube, er war noch nie so verliebt wie in Gena.

Als er Mom und Dad fragte, was ihnen denn an Gena nicht passen würde, und sie ihm keine richtige Antwort geben konnten, platzte ihm der Kragen.

Zu Recht, finde ich. Meine Eltern sind normalerweise wirklich nett und reden immer ganz ehrlich mit uns. Ich verstand auch nicht, was sie gegen Gena hatten.

„Wahrscheinlich kommst du wegen ihr gar nicht mehr zum Lernen“, sagte mein Vater. Ziemlich lahmes Argument. Mark war schon immer ein guter Schüler gewesen. Er arbeitet wirklich hart für die Schule – im Gegensatz zu mir – und nimmt seine Noten so ernst wie alles andere in seinem Leben auch.

Ich kann gut verstehen, dass Mark sauer wurde und Dad anschrie. Natürlich feuerte mein Vater sofort zurück und sagte eine Menge Dinge, die er besser nicht gesagt hätte. Daraufhin lief Marks Gesicht krebsrot an, und er brüllte eine Menge Dinge, die *er* besser nicht gesagt hätte. Als sich dann auch noch Mom einmischte, wurde es so laut, dass ich dachte, die Küchenwände mit der abblätternden gelben Farbe würden gleich Risse bekommen und zusammenstürzen.

Ich machte mich auf meinem Stuhl möglichst klein und starrte meinen Pfannkuchen an. Mir war der Appetit gründlich vergangen. Ich weiß auch nicht, warum Mark so auf diese Gena abfährt, aber ich finde, meine Eltern haben kein Recht, deswegen auf ihm herumzuhacken. Und schon gar nicht gleich am frühen Morgen.

Es war unser lautester Streit seit langer Zeit. Der letzte hatte noch in Brookline stattgefunden, als Mark und ich uns das Auto geliehen hatten, ohne unseren Eltern Bescheid zu sagen, und sie es als gestohlen gemeldet hatten. Dafür bekamen wir zwei Monate Ausgangsverbot. Keine große Sache.

Aber das hier *war* eine große Sache für Mark. „Ich bin sechzehn. Ich weiß genau, was ich tue!“, schrie er.

Mom und Dad lachten laut los, was ich ziemlich gemein fand.

Mark wurde natürlich noch wütender und griff nach seinem Pfannkuchen, um ihn quer durch den Raum zu schleudern. Ich konnte förmlich schon sehen, wie er mit einem dicken, fetten *Splash* an der Wand landete.

Aber Mark bremste sich im letzten Moment und knallte den Pfannkuchen nur wütend auf seinen Teller. Dann stand er auf, drehte sich wortlos um und stampfte durch die Küchentür, die er mit voller Wucht hinter sich zuschlug.

Mom und Dad waren ziemlich blass geworden. Sie sahen sich über den Tisch hinweg an und schüttelten den Kopf. „Du wirst zu spät zur Schule kommen“, sagte mein Vater nach einer ganzen Weile. Seine Stimme klang ein bisschen zittrig. Dieses Gebrülle hatte ihn ziemlich aufgeregt.

Unsere Eltern waren überhaupt sehr nervös, seitdem wir nach Shadyside gezogen waren. Wahrscheinlich hatte es mit dem Umzugsstress und ihrem neuen Job zu tun, obwohl sie das ja eigentlich gewöhnt sein müssten. Wegen ihrer Arbeit zogen wir nämlich ständig um. In den letzten acht Jahren hatten wir in sechs verschiedenen Städten gelebt.

Das war natürlich nicht einfach für sie – aber für Mark und mich auch nicht. Ich hatte jedes Mal Schwierigkeiten, Freunde zu finden, weil ich genau wusste, dass wir in einem Jahr oder so wieder umziehen würden und ich sie dann zurücklassen musste. Meine Mutter hielt mir oft vor, dass ich eine Einzelgängerin sei, aber das war doch auch kein Wunder. Ich meine, warum sollte ich mich denn erst auf Leute einlassen, wenn ich genau wusste, dass es nur für eine kurze Zeit sein würde?

Aber, was soll's. Seufzend griff ich nach meiner Schultasche und schaute aus dem Küchenfenster. Mark war mit seinem Bogen im Garten hinter dem Haus und verschoss mit verkniffenem Gesicht einen Pfeil nach dem anderen.

Mein Bruder ist nämlich ein begeisterter Bogenschütze. Das Erste, was er nach unserem Einzug machte – noch bevor er sich sein neues Zimmer ansah – war, einen Baum auszusuchen, an dem er seine Zielscheibe aufhängen konnte. Er ist ziemlich gut in dieser Sportart und ein hervorragender Schütze. Aber wenn man bedenkt, wie viele Stunden er mit seinem Hobby zubringt, kann man das ja wohl auch erwarten.

„Es ist die beste Art, Frust loszuwerden“, sagt er immer zu mir. Ich schätze, heute Morgen hatte er das dringend nötig, denn er sah immer noch verdammt wütend aus. Er feuerte einen Pfeil nach dem anderen auf die Zielscheibe und wartete nicht einmal ab, ob er mit dem einen sein Ziel getroffen hatte, bevor er den nächsten aus dem Köcher zog.

„Eines Tages wird er sich noch mal ein Auge ausschießen!“, jammert Mom ständig. Manchmal gibt sie sich nämlich besondere Mühe, wie eine besorgte Mutter zu klingen, weil ihr das im Grunde gar nicht liegt. Sie ist noch ziemlich jung und echt in Ordnung.

Dad ist eigentlich auch ganz okay, obwohl er genauso ernsthaft ist wie Mark. Es ist nicht ganz leicht, sich mit ihm zu unterhalten, weil er ständig etwas anderes im Kopf zu haben scheint. Aber vielleicht ist das auch nur mein Problem.

Normalerweise haben wir selten solche Streitereien wie heute Morgen. Ich finde, wir kommen ganz gut miteinander aus. Vielleicht liegt es aber auch nur daran, dass Mom und Dad wegen ihrer Arbeit so viel unterwegs sind, dass wir kaum Gelegenheit haben, uns in die Wolle zu kriegen.

Ich griff mir Marks Jacke und seine Schultasche, stürmte durch die Hintertür und schaffte es irgendwie, ihn rechtzeitig zur Bushaltestelle zu lotsen. Wir verabschiedeten uns nicht mal von Mom und Dad.

Wir kamen nicht auf den Gedanken, dass es vielleicht das letzte Mal war, dass wir unsere Eltern gesehen hatten.

„Wenn ich bloß wüsste, was ihnen an Gena nicht passt", seufzte Mark, als wir auf den Bus warteten.

„Vielleicht finden sie, dass sie zu klein für dich ist", witzelte ich. Gena war nämlich wirklich einen Kopf kleiner als Mark.

„Meinst du?"

„War doch nur Spaß", seufzte ich. Warum musste ich Mark bloß immer erklären, wenn ich einen Scherz gemacht hatte?

Gena war zwar klein, aber, um es mal direkt zu sagen – sie hatte eine umwerfende Figur und war ausgesprochen hübsch. Sie hatte lange schwarze Haare, die ihr bis zur Taille reichten, eine makellose Haut und wunderschöne dunkle Augen, die die Jungs völlig verrückt machten. Alle Typen an der Schule fanden Gena unheimlich sexy – und das war sie wirklich.

Jetzt, um zehn Uhr abends, ohne Eltern in der Nähe und inmitten der spontanen Party in unserem Wohnzimmer, saß sexy Gena auf dem Schoß meines Bruders auf dem Sofa.

Ich musste wieder an den Streit von heute Morgen denken und sah besorgt auf die Uhr. Ich fragte mich, wo Mom und Dad wohl blieben. Normalerweise riefen sie immer an, wenn sie länger arbeiteten.

Der CD-Player war bis zum Anschlag aufgedreht. Irgendjemand spielte die Aufnahme einer Heavy-Metal-Band in voller Lautstärke. Lisas Freund Cory veranstaltete ein Tauziehen um eine Dose Cola mit einem Typen, den ich noch nie gesehen hatte. Die Dose schien in ihren Händen zu explodieren, und ein Schwall Cola ergoss sich auf den Teppichboden.

„Oh, nein!“, dachte ich. „Hoffentlich geht das gut!“

Wenn Mom und Dad zurückkämen, dann …

Ich drehte mich zu dem Sofa um, auf dem Mark und Gena saßen. Sie beugte sich über ihn und küsste ihn mit geschlossenen Augen. Eigentlich war es ja nur ein Kuss. Ich wollte wirklich nicht so hinstarren, aber es war einfach unglaublich! „In einigen anderen Ländern könnte man für so einen Kuss verhaftet werden!“, schoss es mir durch den Kopf.

Plötzlich dachte ich, ich hätte die Türklingel gehört.

Aus einer Ecke des Wohnzimmers drang lautes Gelächter. Mark und Gena hatten sich nicht mal bewegt. Sie schienen völlig in ihrer eigenen Welt versunken zu sein. Anscheinend war ich die Einzige, die das Klingeln bemerkt hatte.

Ich lief zum Wohnzimmerfenster und warf einen Blick nach draußen. In der Auffahrt stand ein großer blauer Chevy Caprice. Ich entdeckte einen großen Mann in einem dunklen Hemd und mit zerknitterten Hosen, der unter der Lampe auf der Vorderveranda stand. Als er mich bemerkte, hielt er eine Art Plakette hoch – eine Polizeimarke!

Mitten in diesem Trubel aus Musik, Lärm und Gelächter fühlte ich mich plötzlich wie betäubt. Mein Herzschlag schien auszusetzen, und alles lief nur noch wie in Zeitlupe ab.

Ich wusste, warum der Polizist gekommen war.

Mom und Dad war irgendetwas Schreckliches zugestoßen!

Kapitel 2

Der Polizist lächelte mich an, als ich die Tür öffnete. „Guten Abend“, sagte er und musterte mich gründlich.

Die Verandabeleuchtung blendete mich, und ich brauchte ein paar Sekunden, bis ich sein Gesicht hinter dem Fliegengitter in der Zwischentür deutlich erkennen konnte. Er war offensichtlich nicht mehr ganz jung. Graue Strähnen durchzogen seinen Schnurrbart. Er starrte mich mit den kältesten blauen Augen an, die ich je gesehen hatte. Eisblau, wie ein zugefrorener See im Winter. „Ich bin Captain Farraday“, sagte er.

„Was ist passiert?“, fragte ich. Ich hatte einen Kloß im Hals. „Mom und Dad – sind sie …“

„Sind sie zu Hause?“, wollte er wissen und lächelte mich an. Er hatte strahlend weiße Zähne.

„Nein. Sie …“

„Sie sind nicht da?“

„Nein. Ich denke, sie machen mal wieder Überstunden.“

Er starrte an mir vorbei in den Flur.

„Sie haben also keine schlechten Nachrichten für mich?“, fragte ich mit einem Gefühl riesiger Erleichterung.

Irgendwie schien er die Frage nicht richtig zu verstehen. „Nein. Ich untersuche einen Einbruch in der Nachbarschaft.“

„Einen Einbruch?“

„Ja. Drei Häuser weiter die Straße runter. Ich gehe jetzt von Haus zu Haus, um zu fragen, ob irgendjemand etwas Verdächtiges bemerkt hat.“

„Oh. Ich verstehe … Aber mir ist nichts Ungewöhnliches aufgefallen.“

Eine Lachsalve drang aus dem Wohnzimmer, gefolgt von dem Geräusch von zersplitterndem Glas. Die Heavy-Metal-Musik schien hier im Flur sogar noch lauter zu sein.

„Ist dir vielleicht irgendjemand hier in der Straße aufgefallen? Jemand, den du vorher noch nie gesehen hast?“ Er starrte mich mit seinen kalten blauen Augen eindringlich an.

Ich wich seinem Blick aus. „Nein. Niemand. Aber ich habe auch nicht darauf geachtet. Außerdem wohnen wir noch gar nicht so lange hier, deshalb …“

„Kommen deine Eltern bald nach Hause?“

„Ich weiß es nicht genau. Manchmal arbeiten sie bis spät abends.“

Wieder starrten wir uns einen Moment lang an. Dann griff er in seine Tasche und zog eine kleine weiße Karte heraus. „Hier. Für dich.“ Er öffnete die Zwischentür und reichte mir die Karte. „Da steht meine Durchwahl drauf. Wenn du etwas Verdächtiges bemerkst, ruf mich an – jederzeit.“

Ich nahm die Karte und bedankte mich.

„Du solltest sie am besten in die Nähe des Telefons legen“, riet er. „Nur für den Fall, dass der Einbrecher es hier in der Gegend noch einmal versucht.“

Dann drehte er sich um und ging die Treppen der Veranda hinunter.

Ich blieb noch eine Weile stehen und lauschte dem Knirschen seiner Stiefel auf der gekiesten Auffahrt. Ich beobachtete, wie er in seinen großen, alten Wagen stieg, und fragte mich, warum er wohl kein Polizeiauto fuhr.

„Wahrscheinlich benutzt er das Auto als Tarnung, um Raser und andere Verkehrsrowdys leichter zu erwischen“, dachte ich. Der Wagen fuhr an und verschwand in der Nacht.

Ich schob die Karte in die Tasche meiner Jeans und ging zurück ins Wohnzimmer. Mir fiel sofort auf, dass es ganz still im Raum war. Ich blickte hinüber zum Sofa. Gena saß immer noch auf Marks Schoß, hatte sich aber jetzt umgedreht und sah verlegen in meine Richtung. Auch mein Bruder starrte mich unbehaglich an. Irgendjemand hatte die Musik leiser gedreht.

„Es tut mir schrecklich Leid, Cara“, sagte Cory Brooks, Lisas Freund, leise. Er wirkte sehr aufgeregt.

„Was denn?“

„Was zum Teufel ist hier los?“, fragte ich mich. „Was ist hier drinnen passiert?“

„Ich hab eben noch mit David Metcalfe rumgealbert, und

da ... also ... Ich fühlte mich nicht so gut, und ich ... ich glaube, mir ist ein bisschen schlecht geworden."

Ich sah zu Mark hinüber, aber der hatte sein Gesicht in Genas Haar verborgen.

Und dann entdeckte ich es. Eine ekelhafte grün-braune Pfütze, die über die Kante des Couchtisches tropfte.

„Schöne Schweinerei, was?", murmelte Corys Freund David, der auf der anderen Seite des Zimmers an der Wand lehnte.

„Ooohh, ich glaube, mir wird auch schlecht", stöhnte ein Mädchen, das ich noch nie gesehen hatte, und presste sich die Hand vor den Mund.

„Ich helfe dir, es wegzumachen", schlug Cory vor, der total verlegen aussah.

„Ist schon in Ordnung. Hol mir einen Löffel", sagte ich ganz cool. „Ich werd's essen, bevor es gerinnt."

„Iiiih! Das ist ja widerlich!", kreischte Gena.

Ich kniete mich hin und hob die unechte Gummipfütze auf. Ein Scherzartikel! Und dann schmiss ich sie Cory an den Kopf.

Alle lachten. Nur Cory machte ein enttäuschtes Gesicht.

Für ein paar Sekunden hatte ich ernsthaft geglaubt, dass diese Schweinerei echt war, aber das musste ich ihm ja nicht auf die Nase binden.

„Cory, wieso machst du bloß immer so einen Schwachsinn?", schnaubte Lisa und verpasste ihm einen harten Schlag gegen die Schulter.

Cory ist groß und kräftig gebaut. Er zuckte nicht mal zur Seite, als Lisas Schlag ihn traf. „Es war Davids Idee", verteidigte Cory sich lachend und warf die glibberige Gummipfütze nach seinem Freund.

„Ich denke, wir sollten die Party mit diesem Höhepunkt beenden", sagte ich energisch. Die ganze Runde protestierte. Mein Bruder hatte seine Arme um Gena geschlungen. Von ihm war offensichtlich keine große Hilfe zu erwarten.

„Na los! Macht schon! Morgen müssen wir wieder zur Schule, und außerdem war die Polizei schon einmal da."

Laute Schreie der Überraschung ertönten. Alle waren so mit

der Party beschäftigt gewesen, dass sie von dem Besuch des Polizisten gar nichts mitgekriegt hatten.

„Meine Eltern werden jeden Moment nach Hause kommen", sagte ich und hoffte, dass es keine Lüge war. Langsam fing ich nämlich an, mir ernsthaft Sorgen um sie zu machen. Es war schon fast elf Uhr.

Nach und nach brachen die anderen widerstrebend auf. Ich verabschiedete mich von Lisa und Shannon. Sie waren die Einzigen in diesem ganzen Haufen, die ich eingeladen hatte, und ich war den ganzen Abend nicht dazu gekommen, mich mit ihnen zu unterhalten.

Ich bemerkte einen großen nassen Fleck auf dem Teppichboden. Der war allerdings echt. „Was soll's. Dieser gammelige Teppich könnte sowieso mal 'ne kleine Reinigung vertragen", murmelte ich vor mich hin.

Von der Haustür aus beobachtete ich die anderen, die durch den Vorgarten zu ihren Autos strömten.

„Wir sehn uns dann morgen."

„Wenn ich dich zuerst sehe, bestimmt nicht!"

Ich hoffte, dass unser miesepetriger Nachbar auch etwas von dem Rufen und lauten Lachen hatte.

Fröstelnd schloss ich die Haustür und rubbelte mir über die Arme, um wieder warm zu werden. Als ich ins Wohnzimmer kam, blieb ich wie vom Donner gerührt stehen. Das durfte ja wohl nicht wahr sein – Mark und Gena hatten sich keinen Zentimeter von der Couch wegbewegt!

Wahrscheinlich musste man sie erst mit einem Gartenschlauch bespritzen, um sie zu trennen.

„Hey, ihr beiden!", rief ich, hob mein Handgelenk und blickte demonstrativ auf meine Swatch. Aber auch dieser zarte Wink mit dem Zaunpfahl half nichts.

Die beiden Turteltäubchen nahmen einfach keine Notiz von mir.

„Wie kommt Gena eigentlich nach Hause?", fragte ich mit erhobener Stimme.

Jetzt sah Mark mich doch tatsächlich mal an! „Ich fahre sie", nuschelte er. Er sah aus wie ein Clown mit all dem Lippenstift, der rund um seinen Mund verschmiert war.

„Ach, ja? Und womit, wenn ich fragen darf? Mom und Dad sind mit dem Auto zur Arbeit gefahren, falls du dich erinnerst."

„Oh." Er schien angestrengt nachzudenken. Dann breitete sich ein durchtriebenes Lächeln auf seinem sonst so unschuldig aussehenden Gesicht aus. „Dann wird sie wohl die Nacht bei uns verbringen müssen."

„Du Schwein", kicherte Gena und versuchte, ihm eins der samtenen Sofakissen aufs Gesicht zu drücken. Die beiden fingen an herumzubalgen, so, als ob ich gar nicht da wäre.

„Vielleicht haben Mom und Dad ja wirklich Recht, was Gena angeht", dachte ich und war gleichzeitig sauer und eifersüchtig auf die beiden. Warum hatte ich nicht auch jemanden, mit dem ich toben und herumalbern konnte? Ein lautes Klopfen an der Tür riss mich aus meinen trüben Gedanken.

„Das sind wahrscheinlich Mom und Dad", sagte ich, um Mark und Gena zu erschrecken.

Doch die beiden ließen sich nicht beeindrucken. „Warum sollten sie denn klopfen?", fragte Mark.

Ich rannte zur Tür. Es war Cory. „Ich hab meinen Gummiglibber vergessen", sagte er ein bisschen kleinlaut.

Er folgte mir ins Wohnzimmer und suchte eine Weile herum, bis er seinen kostbaren Schatz unter einem Sofakissen fand. Er faltete die eklige Pfütze vorsichtig zusammen und steckte sie in die Tasche seiner Jeansjacke.

„Hey, Cory. Könntest du mich vielleicht nach Hause fahren?" Gena hatte es tatsächlich geschafft, vom Sofa aufzustehen. Sie zupfte an ihrem blauen Kaschmirpulli herum, der nach der ganzen Knutscherei etwas mitgenommen aussah.

„Na klar! Wenn's dir nichts ausmacht, mit Metcalfe hinten zu sitzen."

Gena machte ein langes Gesicht. „Vielleicht laufe ich doch lieber."

„Keine Panik! Ich fessle ihn einfach mit dem Sicherheitsgurt", meinte Cory grinsend. Gena folgte ihm nach draußen.

Natürlich nicht, ohne sich vorher auf die Zehenspitzen zu stellen und Mark einen langen, innigen Kuss aufzudrücken.

Mark und ich blieben in dem verwüsteten Wohnzimmer zurück. „Als Erstes wäschst du dir mal den Lippenstift aus dem Gesicht“, schlug ich vor und versuchte, bei seinem Anblick ernst zu bleiben. „Und dann müssen wir hier aufräumen.“

Mark verschwand wortlos im Badezimmer, um die verräterischen Spuren zu entfernen. Als er kurz darauf zurückkam, wirkte er immer noch ein bisschen benommen.

„Was für ’ne Party!“, sagte er kopfschüttelnd. Irgendwie sah er ein bisschen schuldbewusst aus. „Wie sollen wir das jemals wieder sauber kriegen?“

„Möglichst schnell“, erwiderte ich trocken. „Bevor Mom und Dad reinkommen und die ganze Bescherung sehen.“

„Ich glaube nicht, dass sie heute nach Hause kommen“, meinte Mark, während er einige zerdrückte Dosen vom Fußboden aufhob.

„Was? Natürlich werden sie kommen!“

„Wär ja nicht das erste Mal.“ Seine Stimme klang ein bisschen verbittert. „Ich hol wohl besser einen großen Müllsack aus der Küche.“

Ich blieb mitten im Zimmer stehen und fühlte mich plötzlich hundemüde. Ich lauschte dem Knarren der alten Fußbodendielen im Flur, als Mark in die Küche ging. Eigentlich hatte er ja Recht. Es wäre wirklich nicht das erste Mal, dass unsere Eltern die ganze Nacht wegblieben, weil sie entweder arbeiteten oder auf einer Party waren.

Wie ich schon sagte, sind Mom und Dad noch ziemlich jung und verhalten sich überhaupt nicht wie normale Eltern. Das werfe ich ihnen auch gar nicht vor. Sie sind wirklich schwer in Ordnung, und wir haben meistens viel Spaß zusammen, aber oft nehmen sie es nicht so ernst, Eltern zu sein.

Sie finden anscheinend eine Menge anderer Dinge wichtiger. Ihre Arbeit, zum Beispiel. Ich hab immer noch nicht verstanden, was genau sie eigentlich machen. Sie sind Computerspezialisten für Großrechner. Das heißt, dass sie für große

Firmen ganze Computeranlagen installieren. Das dauert Monate und manchmal sogar Jahre. Danach wechseln sie zum nächsten Unternehmen, das sich meistens in einer anderen Stadt befindet.

Darum sind wir auch schon so oft umgezogen.

Und egal, wo wir hinziehen: Mom und Dad haben sofort jede Menge gesellschaftlicher Verpflichtungen. Ihr wisst schon: Clubs, Partys und alle möglichen Organisationen, bei denen sie sich engagieren. Ich muss zugeben, dass ich manchmal verletzt bin, dass sie jedes Mal, wenn wir kaum die Kisten ausgepackt haben, sofort von einer Verabredung zur nächsten stürzen. Ich meine, man könnte doch wirklich auf die Idee kommen, dass sie gar keine Lust haben, zu Hause zu bleiben und Zeit mit Mark und mir zu verbringen!

Aber jetzt, wo ich älter bin, wird mir klar, dass das dumme und egoistische Gedanken sind. Natürlich haben meine Eltern das Recht auf ihr eigenes Leben und ihre eigenen Interessen.

Aber sie könnten uns wenigstens anrufen und Bescheid geben, wenn sie länger wegbleiben. Oder etwa nicht?

Mark kam mit einem großen grünen Plastikmüllsack zurück. „Ich halte ihn auf, und du schmeißt alles rein“, sagte er.

„Warum kann nicht ich zur Abwechslung mal den Sack halten?“, beschwerte ich mich halb im Ernst und halb im Spaß.

„Und wenn ihnen nun tatsächlich etwas passiert ist?“, fragte Mark und klang plötzlich ganz besorgt.

„Hä?“

„Wenn sie einen Unfall hatten oder so?“

„Dann hätten sie uns auf jeden Fall angerufen“, sagte ich. Das war einer der Standardwitze in unserer Familie, aber heute war er nicht besonders komisch.

„Und wenn ihr Auto auf dem Rückweg im Wald hinter der Fear Street den Geist aufgegeben hat und sie sich dann verirrt haben? Du kennst doch auch diese Geschichten über Leute, die in diesem Wald verschwanden und erst nach einiger Zeit wieder aufgetaucht sind. Sie hatten sich völlig verändert und wussten nicht mehr, wer sie waren.“

„Wer hat dir denn *die* Geschichte erzählt?“, fragte ich.

„Cory Brooks. Er sagte, es hätte sogar in der Zeitung gestanden.“

„Das ist ja fast so komisch wie der Gag mit dem Gummischleim! Er hat dich auf den Arm genommen, Mark!“

Daraufhin sagte Mark eine ganze Weile erst mal gar nichts. Aber sein Gesichtsausdruck sprach Bände. Diese besorgte Miene hatte ich schon tausendmal bei ihm gesehen. In jeder Familie gibt es einen, der sich ständig Sorgen macht, und bei uns ist es Mark.

„Jetzt hör doch mal auf, so zu gucken“, knurrte ich ihn an.

„Wie denn?“

„Na, wie du eben guckst. Sonst fange ich auch noch an, mir Sorgen zu machen.“

„Warum rufen wir sie nicht einfach an“, meinte er plötzlich.

„Na klar! Das ist die Idee!“ Warum war mir das bloß nicht früher eingefallen?

Ich folgte Mark in die Küche. Die Durchwahl zu Moms und Dads Büro stand auf einem Block neben dem Telefon. Der Anruf ging nicht über die Telefonzentrale, sodass wir sie auch nach Dienstschluss erreichen konnten.

„Ruf du an“, bat Mark mich und lehnte sich gegen den Resopaltresen. Inzwischen sah er *sehr* besorgt aus.

„Geht in Ordnung“, meinte ich und blätterte den Block durch, bis ich die Nummer gefunden hatte. Dann nahm ich den Hörer des Wandtelefons ab und begann zu wählen. Nach wenigen Ziffern hörte ich wieder auf.

„Was ist denn jetzt los?“, fragte Mark ungeduldig.

„Ich höre kein Freizeichen“, sagte ich langsam.

Das Telefon war tot.

Kapitel 3

Wir standen beide da und starrten gebannt auf das Telefon, so, als ob wir es dadurch wieder zum Leben erwecken könnten. „Das ist aber verdammt merkwürdig“, meinte Mark schließlich. „Wieso funktioniert es nicht? Wir hatten doch keinen Sturm oder so.“

„Wenigstens erklärt das, warum Mom und Dad nicht angerufen haben. Sie konnten uns gar nicht erreichen“, sagte ich.

Ich hängte den stummen Hörer wieder auf die Gabel. Mark und ich lächelten uns an. Wir fühlten uns schon ein bisschen besser. Mark öffnete den Mund, um etwas zu sagen, brach dann aber plötzlich ab.

Wir hatten beide das Geräusch gehört. Das Knarren von Fußbodendielen und Schritte über unseren Köpfen.

Jemand lief im ersten Stock herum.

Marks Gesicht erstarrte vor Schreck, als die Schritte stampfend die Treppe herunterkamen. Ich selbst sah wahrscheinlich nicht weniger erschrocken aus.

Wir standen regungslos da und hörten, wie das tappende Geräusch lauter wurde. Und dann betrat jemand die Küche.

Es war niemand anderes als Roger.

Ich kicherte laut los. Mark war viel zu erschrocken, um zu lachen. Sein Gesicht hatte die gleiche Farbe wie die verblichene graue Tapete hinter ihm. Darüber musste ich noch mehr lachen. Ich war ja so erleichtert!

Warum hatten wir bloß nicht an Roger gedacht?

Allerdings war er die meiste Zeit so ruhig und unsichtbar, dass es wirklich leicht war, seine Anwesenheit zu vergessen.

Roger ist ein entfernter Cousin meiner Mutter und wohnt bei uns im Haus. Er tauchte ein paar Tage nach unserem Einzug auf, und meine Eltern boten ihm das Mansardenzimmer an. Das fand ich ziemlich witzig, denn das Zimmer ist so klein, dass Roger selber kaum in den winzigen Raum passt. Er ist so groß und die Dachneigung so schräg, dass er immer ein wenig den Kopf einziehen muss, wenn er aufrecht steht. Aber er hat ein Bett und einen Schreibtisch und scheint glücklich zu sein, dass er bei uns wohnen kann.

Mark und ich sehen ihn nicht sehr oft, aber wenn wir ihm über den Weg laufen, versuchen wir, ganz besonders nett zu ihm zu sein. Immerhin ist er ein Verwandter von uns, und da wir so oft umziehen, kriegen wir vom Rest der Familie nicht viel mit.

Aber es ist gar nicht so einfach, Roger ein bisschen näher zu kommen. Er ist nämlich sehr still. Ich glaube, er ist der schüchternste Mensch, dem ich je begegnet bin. Dabei sieht er richtig gut aus. Er hat sandfarbenes Haar und dunkle, leuchtende Augen. Obwohl er glatt als Model arbeiten könnte, weiß er selber offenbar gar nicht, wie er auf Frauen wirkt. Er geht auf die Uni in der Nachbarstadt und verbringt die meiste Zeit lernend oben in der Mansarde.

Ich würde gerne mal wissen, warum meine Eltern ihn aufgenommen haben. Wegen der Miete kann es ja wohl nicht sein, denn wir sind nicht auf das Geld angewiesen. Merkwürdigerweise ist Roger nicht mal unser erster Untermieter. Auch in den anderen Häusern in den verschiedenen Städten haben öfter junge Männer bei uns gewohnt. Wahrscheinlich wollen Mom und Dad damit bedürftige Studenten unterstützen.

„Hallo, Roger. Du hast uns ja einen ganz schönen Schrecken eingejagt", sagte Mark. So langsam bekam er wieder ein bisschen Farbe.

Ein merkwürdiger Ausdruck huschte über Rogers gut aussehendes Gesicht.

„Entschuldigung. Das wollte ich nicht."

Als Mark und ich ins Wohnzimmer zurückgingen, um weiter aufzuräumen, kam Roger hinterher. „Wann bist du eigentlich nach Hause gekommen?", fragte ich und begann, Cola- und Bierdosen aufzuheben, die im ganzen Raum verstreut lagen.

„Schon vor einer ganzen Weile. Ich habe den Lärm gehört und …"

„Du hättest doch runterkommen können", sagte Mark, der mir mit dem Müllsack durch das Zimmer folgte.

„Nein, das ist schon okay." Aus irgendeinem Grund sah Roger plötzlich sehr verlegen aus. Es war bestimmt nicht besonders angenehm, so schüchtern zu sein. Auf einer Party würde Roger sich garantiert schrecklich unwohl fühlen. Wahrscheinlich traute er sich noch nicht mal zu tanzen.

Roger beugte sich hinunter und griff sich eine Hand voll Chips aus einer Schüssel, die neben dem Sofa stand. „Ich muss gleich noch ein bisschen lernen, aber ich wollte eure Eltern noch etwas fragen."

„Sie sind nicht zu Hause", erklärte ich ihm.

Er sah uns erstaunt an und blickte dann auf seine Uhr.

„Haben sie zu dir etwas gesagt, dass sie länger arbeiten wollten?", fragte ich ihn.

„Nein." Er schüttelte den Kopf und kratzte sich am Kinn. „Na ja, macht nichts. Ich kann sie auch später fragen."

Er schob sich noch eine Hand voll Chips in den Mund. „Und bei euch ist alles in Ordnung?"

„Klar. Alles okay", antwortete ich schnell.

Roger hob einige Pappteller auf und stopfte sie in den Müllsack, den Mark aufhielt.

„Sie kommen öfter mal später nach Hause", meinte Mark.

„Haben sie denn nicht angerufen?", wollte Roger wissen und griff schon wieder nach den Chips.

„Nein. Das Telefon ist kaputt."

„Was? Das ist ja eigenartig. Haben eure Eltern euch denn wenigstens eine Nachricht hinterlassen?"

„Nein. Aber ich bin sicher, dass sie mal wieder Überstunden machen", sagte ich. „Oft sind sie so mit ihren Computerproblemen beschäftigt, dass sie das Zeitgefühl verlieren."

„Ab und zu arbeiten sie auch schon mal vierundzwanzig Stunden durch", fügte Mark hinzu und nahm einen tiefen Schluck aus einer halb leeren Coladose. Dabei hielt er sie mit zurückgelegtem Kopf so über seinen Mund, dass ihm Cola über das Kinn tropfte.

„Mark, du bist ein echtes Ferkel“, rief ich empört.

„Hey, jetzt reg dich doch nicht gleich so auf! Ich hab eben Durst“, schnauzte mein lieber Bruder zurück.

„Sie haben also keine Nachricht oder so was Ähnliches hinterlassen“, fragte Roger noch einmal. Er klang richtig ungeduldig. Ich wunderte mich, dass er uns so viele Fragen stellte. Das passte gar nicht zu ihm. Wahrscheinlich hatte er etwas Wichtiges mit unseren Eltern zu besprechen.

„Nein. Vielleicht sind sie ja auch auf einem ihrer Clubtreffen“, meinte Mark. Er drückte die Dose zusammen und warf sie in den Müllsack.

„Aber normalerweise kommen sie vor den Treffen immer zum Abendessen nach Hause“, warf ich ein.

„Habt ihr schon mal in ihrem Zimmer nachgesehen?“, fragte Roger.

„Warum das denn?“ Jetzt wurde sogar Mark hellhörig. Unser Mitbewohner verhielt sich wirklich merkwürdig.

Roger wurde rot. „Ich meine ja nur. Vielleicht haben sie dort eine Nachricht hinterlassen.“

„Sie legen ihre Zettel immer auf den Kühlschrank“, informierte ich ihn. „Du kennst doch Mom und Dad. Sie sind Computerleute. Sie machen alles nach einem System. Alles immer wieder auf die gleiche Art und Weise.“

Roger gähnte und streckte sich. „Er sieht sogar gut aus, wenn er gähnt“, dachte ich bewundernd. „Dann werde ich eben morgen mit ihnen sprechen“, meinte er und griff noch einmal in die Schüssel mit den Chips, die inzwischen fast leer war. Dann ging er in Richtung Treppe. „Gute Nacht.“

„Nacht“, riefen Mark und ich ihm hinterher und sahen uns fragend an.

„Er ist irgendwie komisch“, meinte Mark.

„Kein Wunder, er ist ja auch Moms Cousin“, witzelte ich. „Er schien heute Abend ganz schön nervös zu sein.“

„Stimmt. Ich hatte das Gefühl, dass er sich Geld leihen wollte oder so was in der Art.“

„Vielleicht hast du Recht“, sagte ich und merkte auf einmal, wie müde ich war. „Er schien wirklich etwas Dringendes auf dem Herzen zu haben. Hey, wo willst du denn hin?“ Mark ging in Richtung Fernsehecke.

„Es ist schon nach zwölf. Ich glaub, ich guck noch ein bisschen *Star Trek*.“

„Mark, du hast doch alle Folgen schon mindestens zehnmal gesehen!“

„Nein. Es gibt jetzt eine neue Staffel. Die hab ich erst zweimal gesehen.“

Mark ist ein absoluter *Star-Trek*-Fan. Er schaut sich alle Wiederholungen an, die gesendet werden. Die meisten laufen irgendwann nach Mitternacht. Normalerweise fasst er freiwillig kein Buch an, aber er liest alle *Star-Trek*-Geschichten, sobald sie erscheinen. Er findet es auch rasend komisch, mir den Vulkaniergruß zu zeigen, wenn gerade niemand zuguckt. Ich sagte ja schon, dass mein Bruder nicht gerade einen ausgeprägten Sinn für Humor hat.

„Vielleicht sollten wir doch noch mal einen Blick in Moms und Dads Schlafzimmer werfen“, schlug ich vor.

Mark sah mich forschend an. „Was ist denn mit dir los?“

„Schon gut. Ich weiß, dass es mir nicht ähnlich sieht, mir solche Sorgen zu machen. Aber ich habe irgendwie ein komisches Gefühl bei der Sache.“

„Okay. Lass mich nur schnell gucken, welche Folge heute kommt.“ Er ließ sich auf die Ledercouch fallen, griff nach der Fernbedienung und schaltete den Fernseher ein.

Ich setzte mich erschöpft auf die Armlehne der Couch, viel zu müde, um weiter aufzuräumen. Ein paar Minuten später begann *Star Trek*.

„Das ist 'ne alte Folge“, sagte Mark, „aber die ist echt Spitze! Kirk, Uhura und Chekov werden gefangen genommen, und die Typen, die sie erwischt haben, zwingen sie, Hundehalsbänder zu tragen und für Zweikämpfe zu trainieren.“

„Wie aufregend“, seufzte ich. Ich stehe nämlich nicht so besonders auf *Star Trek*. „Dann lass uns doch jetzt nach oben gehen und in Moms und Dads Zimmer nachsehen.“

„Okay, okay“, meinte Mark und schaltete per Fernbedienung den Fernseher aus. Stöhnend rappelte er sich auf. Wir waren beide todmüde. Es war inzwischen fast ein Uhr, und wir mussten am nächsten Morgen früh zur Schule.

Ich folgte Mark durch das Wohnzimmer und kraxelte hinter ihm die Treppe hoch. Das Knarren und Ächzen der alten hölzernen Treppenstufen machte mich wahnsinnig. Unsere Eltern wollten sie eigentlich mit Teppich auslegen, aber bis jetzt waren sie noch nicht dazu gekommen, welchen zu kaufen.

Unser Haus in Brooklin war brandneu gewesen. Deswegen fiel es mir schwer, mich an all die unheimlichen Geräusche in diesem alten Kasten zu gewöhnen. Eigentlich bin ich gar kein nervöser Typ – das ist eher Marks Part in unserer Familie – aber dieses Knarren, Stöhnen und Rascheln machte mich völlig fertig. Ich hatte ständig das Gefühl, dass noch jemand im Raum war, gerade die Stufen herunterkam oder sich von hinten an mich anschlich.

Ich denke, ich werde mich mit der Zeit schon daran gewöhnen. Aber ich muss zugeben, dass ich mich in diesem heruntergekommenen Schuppen wesentlich wohler fühle, wenn Mom und Dad zu Hause sind.

„Wo können sie bloß sein?“, fragte ich mich.

Die Tür zu ihrem Schlafzimmer war geschlossen. Das war nicht weiter ungewöhnlich, denn Mom und Dad machten sie meistens hinter sich zu, wenn sie weggingen. Wie sich das gehört – perfekt und ordentlich. Alles an seinem Platz, alles in der richtigen Reihenfolge und nach festen Regeln.

Ich drückte die Klinke herunter und öffnete die Tür.

Überrascht stellte ich fest, dass es hell im Zimmer war. Eine der beiden Nachttischlampen verbreitete schwaches Licht.

„Oh!“

Ich schrie auf, weil ein Geräusch mich erschreckt hatte. Das war mir ziemlich peinlich, denn es war nur ein Vorhang, der durch den Luftzug gegen das offene Fenster geweht war.

Dann blickte ich auf das Bett und schrie noch einmal. Es war offenbar etwas Schreckliches geschehen …

Kapitel 4

Ich weiß auch nicht, warum meine Schwester plötzlich so durchdrehte. Was war denn nur mit ihr los? Man könnte meinen, sie hätte noch nie ein ungemachtes Bett gesehen. Ihr Gekreische machte mich richtig nervös! Okay, Mom und Dad sind Ordnungsfanatiker, und ich weiß, dass sie *immer* ihr Bett machen, bevor sie zur Arbeit gehen. Aber das ist doch noch lange kein Grund, so auszuflippen und herumzubrüllen, dass irgendetwas Schreckliches passiert sein muss!

Ich beruhigte Cara mit meiner bewährten Methode, indem ich sie anschrie, dass sie gefälligst die Klappe halten sollte. Man konnte doch auf den ersten Blick sehen, dass es keinen Grund gab, total verrückt zu spielen.

Immerhin bin ich derjenige, der in unserer Familie den Ruf weghat, dass er sich ständig Sorgen um irgendetwas macht. Und Cara ist die Ruhige, Coole, Beherrschte. Wenn sie so weitermacht, wird sie noch ihr ganzes Image ruinieren.

„Tut mir Leid", murmelte sie und knabberte auf ihrer Unterlippe herum. Das tut sie immer, wenn sie Mist gebaut hat. „Ich wollte wirklich nicht so rumschreien. Es ist nur …"

„Was?", fragte ich. Ich wollte Cara nicht so einfach davonkommen lassen. Schließlich hatte sie mich eben zu Tode erschreckt.

Ihre Stimme war ganz piepsig und schwach. „Es ist die Art und Weise, wie die Tagesdecke halb auf dem Boden hängt. Und das Bettzeug ist auch völlig zerknüllt. Es … es sieht aus, als ob hier ein Kampf stattgefunden hätte."

„Jetzt beruhige dich erst mal", sagte ich und setzte mich auf die Bettkante. „Ich weiß wirklich nicht, warum du dich so aufregst. Du tust so, als ob Mom und Dad noch nie spät zurückgekommen wären."

Cara war so durcheinander, dass ich beschloss, mich betont ruhig und selbstsicher zu geben. Klar machte ich mir auch ein bisschen Sorgen, aber das sollte sie nicht merken. Eigentlich war ich besorgt und froh zugleich. Wenn meine Eltern heute nicht länger weggeblieben wären, hätte ich Gena nicht einladen können. Und es war wirklich ein ganz schön heißer Abend mit ihr gewesen …

Wie ich da so auf dem ungemachten Bett saß, fiel mir wieder der Streit von heute Morgen ein. Wenn ich bloß wüsste, warum Mom und Dad wegen Gena so einen Aufstand gemacht haben. Sie ist doch ein tolles Mädchen. Klug und hübsch, und außerdem mag sie mich sehr. Ihren Vater habe ich erst ein paar Mal getroffen, aber er scheint ein netter Kerl zu sein. Ich glaube, er ist Arzt. Also – wo ist das Problem? Warum wollen meine Eltern mir verbieten, mich mit Gena zu treffen?

Außerdem war es verdammt merkwürdig, dass sie mir keinen vernünftigen Grund dafür nennen konnten.

Normalerweise sind Mom und Dad nämlich unschlagbar im Argumentieren. Sie können dir für alles, was sie tun, mindestens zwei oder drei gute Gründe nennen. Sie werfen Cara und mir ständig vor, dass wir irgendetwas tun, weil wir eben Lust dazu haben, und dann nicht erklären können, warum wir es getan haben.

Schließlich muss es für alles im Leben einen guten Grund geben, nicht wahr?

Und als ich von ihnen wissen wollte, warum ich Gena nicht mehr sehen darf, war alles, was ihnen dazu einfiel: „Vertrau uns! Wir wissen über diese Dinge besser Bescheid.“

Vertrau uns! Was ist denn das für eine Erklärung!?

Vielleicht hätte ich nicht gleich so in die Luft gehen sollen, aber das sind sie von mir ja schon gewohnt. Und außerdem hatte ich einen guten Grund. Wenigstens dieses eine Mal war ich im Recht!

Auf einmal, wie ich hier so in ihrem Zimmer saß, wurde mir klar, dass ich mich ganz schön mies fühlen würde, wenn ihnen wirklich etwas passiert war, nachdem wir diesen üblen Streit gehabt hatten. Aber ich schob den Gedanken beiseite. Es hatte sowieso keinen Sinn, darüber nachzudenken. Damit war auch niemandem geholfen.

„Mom und Dad haben doch schon öfter lange gearbeitet", sagte ich noch einmal zu Cara.

„Ja, aber sie haben jedes Mal angerufen." Sie sah nicht gerade beruhigt aus. Mit gerunzelter Stirn, die Arme vor der Brust verschränkt, stand sie vor dem Bett. „Ich weiß auch, dass das Telefon kaputt ist. Aber sie hätten ja auch bei Mrs Fisher nebenan anrufen können, oder?"

„Cara, jetzt hör endlich auf, dir Sorgen zu machen! Das sieht dir überhaupt nicht ähnlich", sagte ich.

Aber anstatt mir zuzuhören, schnappte sie plötzlich nach Luft. Mit offenem Mund und vor Schreck weit aufgerissenen Augen starrte sie mich an.

Ich brauchte einen Augenblick, bis ich merkte, dass sie gar nicht mich anschaute, sondern zum Fenster hinüber blickte. „Mark ...", flüsterte sie mit erstickter Stimme. Sie beugte sich näher zu mir und ergriff meine Schultern. Ihre Hände krallten sich in meinen Pullover. „Mark ... Da ist jemand ..."

„Was?" Ich konnte sie kaum verstehen.

Sie stupste mich so lange an der Schulter, bis ich mich umdrehte. Zuerst konnte ich nichts entdecken, was sie so aufgeregt haben könnte. Ich sah nur das halb geöffnete Fenster und die Dunkelheit dahinter. Eine schmale Mondsichel stand am Nachthimmel. Die gemusterten, bodenlangen Vorhänge blähten sich sanft im Wind.

Und dann sah ich es! Zwei Schuhspitzen, die unter dem rechten Vorhang hervorschauten.

Plötzlich durchfuhr mich der gleiche Schreck wie meine Schwester. Ich starrte gelähmt vor Entsetzen auf die Schuhe unter dem Vorhang und auf die leichte Wölbung im Stoff, die nicht von einer Windbö kam.

Da wurde mir klar – wie kurz zuvor Cara –, dass außer uns noch jemand im Schlafzimmer unserer Eltern war.

Kapitel 5

Wenn ich vorher darüber nachgedacht hätte, wäre ich wahrscheinlich ganz ruhig stehen geblieben. Aber, wie ich schon sagte, habe ich nicht immer einen Grund für das, was ich tue. Manchmal tue ich es einfach. Die Gründe überlege ich mir dann meistens hinterher, wenn es schon zu spät ist.

Auf jeden Fall sprang ich vom Bett auf und stürzte zum Fenster.

Hinter mir hörte ich Cara schreien, ich solle stehen bleiben. Aber es war zu spät. Jetzt konnte ich nicht mehr zurück.

Ich hatte nicht den blassesten Schimmer, was ich tun wollte, und war eher wütend als verängstigt. Ich meine, was zum Teufel hatte jemand hinter dem Vorhang im Schlafzimmer meiner Eltern zu suchen?

War es vielleicht ein Einbrecher?

Ich dachte keine Sekunde daran, dass diese Person gefährlich sein, dass sie mich einfach wegpusten könnte, sobald ich den Vorhang zur Seite zog. Ich glaube, ich habe in diesem Moment überhaupt nicht nachgedacht.

Ich rannte einfach los – und blieb wie vom Donner gerührt stehen, als plötzlich Roger hinter dem Vorhang auftauchte. Er sah ziemlich verlegen aus.

„Ich bin's doch nur", sagte er kleinlaut. Der wütende Ausdruck auf meinem Gesicht war wohl nicht zu übersehen, denn er hielt beide Hände hoch, als wollte er sich ergeben.

„Roger! Was machst du denn hier?", rief Cara verblüfft.

„Äh … Ich habe nur aus dem Fenster geschaut. Ich … äh … ich dachte, ich hätte draußen etwas gehört …"

„Was hast du eigentlich im Schlafzimmer unserer Eltern zu suchen?", stieß ich hervor. Mein Herz klopfte immer noch wie verrückt.

„Du hast uns furchtbar erschreckt!", zischte Cara wütend und verschränkte die Arme vor der Brust.

„Das tut mir wirklich Leid! Ich wollte nur nachsehen, ob

eure Eltern hier eine Nachricht hinterlassen haben. Dann bin ich zum Fenster gegangen, als ich das Geräusch draußen hörte. Ich habe gar nicht gemerkt, dass ihr gekommen seid."

Ich glaubte ihm, aber Cara schien ihm seine Geschichte nicht abzunehmen. Meine Schwester glaubt nämlich nie, was man ihr erzählt.

„Ach, und wieso hast du uns nicht gehört? Wir haben doch die ganze Zeit miteinander geredet."

„Äh ... die Vorhänge sind ziemlich dick, weißt du. Wahrscheinlich haben sie den Schall geschluckt", druckste Roger herum und fuhr sich nervös mit der Hand durch das wellige braune Haar. Sein Sweatshirt war unter den Achseln ganz durchgeschwitzt, und auf seiner Stirn standen Schweißperlen. Es war zwar warm im Zimmer, aber nicht *so* warm.

„Ich wollte euch ganz bestimmt nicht erschrecken", beteuerte Roger und schaute an mir vorbei zu Cara, die ihre Arme fest vor der Brust verschränkt hatte. „Ich war nur beunruhigt wegen eurer Eltern und ..."

„Was hast du da in der Hand?", unterbrach ihn Cara.

Roger hielt einen kleinen schwarzen Kasten hoch. „Das ist nur mein Walkman", erklärte er und ging zur Tür.

„Und wo sind die Kopfhörer?", fragte Cara immer noch misstrauisch.

„Die Kopfhörer ... äh, ja ... die habe ich oben gelassen", meinte Roger und stopfte den Walkman in seine Hosentasche.

Die Fenstervorhänge blähten sich plötzlich auf und wehten ins Zimmer.

Wir schrien alle drei erschrocken auf.

Es war nur eine Windbö gewesen, aber im gleichen Moment heulte ein Tier in den Wäldern hinter der Fear Street. Mir lief ein kalter Schauer über den Rücken. Die Typen in der Schule hatten mir nämlich erzählt, dass im Wald hinter unserem Haus Wölfe frei herumstreunten.

„Es tut mir wirklich Leid, dass ich euch beide so erschreckt habe", wiederholte Roger und gähnte. „Ich denke, wir sind alle ganz schön müde." Er war schon halb aus der Tür, als er sich noch einmal umdrehte. „Macht euch keine Sorgen um eure Eltern. Die sind spätestens morgen früh zurück."

„Ja, wahrscheinlich hast du Recht", meinte Cara. Sie ließ die Schultern hängen. „Und entschuldige bitte, wenn wir dich auch erschreckt haben", fügte sie als Friedensangebot an Roger noch hinzu. „Wir konnten ja nicht wissen, dass du das warst."

„Tja, also dann. Noch mal gute Nacht!"

„Gute Nacht!"

Roger verschwand. Wir lauschten seinen Schritten, während er die Treppe zum Mansardenzimmer hochstapfte. Als es wieder ruhig war, sprang Cara aufs Bett, drehte sich auf den Bauch und verbarg ihr Gesicht in Moms Kissen.

Ich ging durch den Raum und schloss das Fenster. Unten wirbelte der Wind abgefallene Blätter durch den Vorgarten. Plötzlich blieb mein Blick an der gegenüberliegenden Straßenseite hängen. Dort parkte ein grauer Lieferwagen, der keine Aufschrift auf der Seite hatte. Ich konnte mich nicht erinnern, ihn hier in der Gegend schon mal gesehen zu haben. Es war zu dunkel, um zu erkennen, ob jemand im Wagen saß.

Was machte er hier vor unserem Haus?

Ich zog die schweren Vorhänge zu und trat ein Stück zurück.

„Glaubst du, dass Roger uns die Wahrheit gesagt hat?", fragte Cara mit gedämpfter Stimme. Sie hatte ihr Gesicht immer noch ins Kissen gepresst.

„Ich weiß nicht genau. Wahrscheinlich schon", antwortete ich. „Warum sollte er uns anlügen?"

„Keine Ahnung. Aber er hat auf jeden Fall hier drin etwas gesucht. Nur was?", fragte Cara und rollte sich auf den Rücken. Ihr Gesicht hatte sie immer noch in dem dicken Federkissen versteckt.

„Nach dem Gleichen wie wir, denke ich." Ich ging zu ihr hinüber und setzte mich an das äußerste Ende des riesigen Doppelbettes.

„Aber wenn er nach einer Nachricht gesucht hat, warum

versteckt er sich dann hinter den Vorhängen und starrt aus dem Fenster?“

Ich stöhnte. Cara kann manchmal ganz schön anstrengend sein. „Jetzt mach aber mal ’nen Punkt. Er hat es uns doch eben erklärt, oder? Was willst du denn jetzt von mir hören?“

„Du hast ja Recht. Wahrscheinlich bin ich einfach nur hundemüde.“ Sie schob das Kissen weg und schloss die Augen.

„Willst du etwa hier schlafen?“

Cara gähnte. „Nein. Ich steh gleich auf.“ Sie reckte ihre Arme und lächelte zufrieden. Das Bett unserer Eltern ist nämlich sehr bequem.

Meine Gedanken wanderten wieder zu Gena. Ich fragte mich, ob es wohl schon zu spät war, um bei ihr anzurufen. Wahrscheinlich. Ich sollte es lieber ein andermal probieren.

Plötzlich verschwand das Lächeln schlagartig aus Caras Gesicht, und sie setzte sich abrupt auf.

„Was ist denn jetzt los?“

„Ich habe etwas unter der Decke gefunden.“

Auf ihrer Handfläche hielt sie mir einen kleinen Gegenstand entgegen. Er sah aus wie ein winziger, weißer Totenkopf. Ich beugte mich näher zu ihr, um ihn besser sehen zu können. „Was ist das? Ein menschlicher Schädel?“

„Nein.“ Cara hielt ihn dicht vor ihr Gesicht, um ihn in dem schwachen Licht der Nachttischlampe genauer zu betrachten. „Es ist ein … ein Affenschädel.“

„Was?“

Sie hob ihn hoch und hielt ihn mir entgegen. Es war ein geschnitzter weißer Affenkopf von der Größe eines Tischtennisballs. Tief in den Augenhöhlen waren zwei glitzernde Steine befestigt, die aussahen, als gehörten sie zu billigem Modeschmuck. Im Schein der Lampe strahlten sie einen goldenen Glanz aus.

Ich nahm ihn in die Hand und rollte ihn zwischen meinen Fingern hin und her. „Merkwürdig. Er fühlt sich ganz kalt an.“

„Ich weiß“, sagte Cara, und ein ängstlicher Ausdruck

huschte über ihr Gesicht. „Ich finde, er hat etwas Unheimliches an sich."

Ich hielt den Affenschädel hoch und drehte ihn so, dass er mich ansah. Als ich in seine glänzenden Augen blickte, kam es mir vor, als starrte er mich an. Er war aus schneeweißem Elfenbein geschnitzt, und die Nasenlöcher schienen im Kontrast dazu sehr tief und dunkel zu sein. Über die ganze Breite des Gesichts zog sich ein hässliches, Furcht erregendes Grinsen. Das Elfenbein fühlte sich ganz glatt und sehr kalt an.

Die glitzernden Augen schienen sich förmlich in meine zu bohren. Sie strahlten etwas Böses, irgendwie Bedrohliches aus.

Na gut. Vielleicht hatten Cara und ich uns in letzter Zeit zu viele Horrorvideos ausgeliehen, sodass ich jetzt schon Gespenster sah. Vielleicht war ich auch einfach übermüdet und außerdem beunruhigt, weil Mom und Dad immer noch nicht zu Hause waren.

Aber dieser kleine weiße Affenschädel hatte wirklich etwas zutiefst Böses an sich mit seinen merkwürdigen, glänzenden Augen und dem eingefrorenen Grinsen.

Ich starrte ihn eine ganze Weile wie hypnotisiert an. Dann konnte ich es nicht länger aushalten und schloss meine Finger um dieses geheimnisvolle Ding. Ich verbarg es in meiner Hand und atmete tief durch. Obwohl ich es die ganze Zeit festgehalten hatte, war es immer noch eiskalt. Die Kälte brannte wie Trockeneis in meiner Hand. Ich warf den Affenschädel zurück zu Cara, die ihn kurz anschaute und dann mit angewidertem Gesicht auf den Nachttisch schleuderte.

„Was ist das? Und wo kommt es her?", fragte sie.

Zwei weitere Fragen, die ich in dieser Nacht nicht beantworten konnte.

Kapitel 6

In dieser Nacht konnte ich einfach nicht einschlafen. Aber das war ja auch kein Wunder. Ich lag im Bett und starrte auf die Schattenmuster, die über die Zimmerdecke huschten. Meine Gedanken wanderten immer wieder zu Gena. Sie war wirklich das tollste Mädchen, das ich jemals getroffen hatte! Ich musste daran denken, wie ich sie in meinen Armen gehalten und geküsst hatte. Obwohl das ganze Haus voller Leute gewesen war, hatte ich das Gefühl gehabt, dass wir die Einzigen im Raum gewesen waren.

Natürlich dachte ich auch an Mom und Dad. Es war ein seltsames Gefühl zu wissen, dass sie nicht unten im Wohnzimmer waren, Zeitung lasen, Fernsehen guckten oder was auch immer sie machten, wenn Cara und ich ins Bett gegangen waren. Ich hatte nicht richtig Angst um sie, aber es war schon alles sehr merkwürdig.

Ich fühlte mich immer noch mies wegen des Streits, den wir am Morgen gehabt hatten. Aber das war nicht meine Schuld gewesen, sagte ich mir. Wie ich so in der Dunkelheit dalag, lief alles noch einmal wie ein Film vor mir ab.

Als ich auf die Uhr schaute, war es kurz vor zwei, und ich war immer noch hellwach. Ich stand auf und ging hinüber zum Fenster. Warum, weiß ich auch nicht genau. Vielleicht wollte ich einfach nur mal nachsehen, ob der Wagen von Mom und Dad inzwischen in der Einfahrt stand.

Ich blickte in den Vorgarten. Das gelbe Licht der Verandabeleuchtung warf unruhige, verzerrte Schatten auf den Rasen. Inzwischen war es sehr neblig geworden. Ich konnte kaum die Straßenlaterne auf dem gegenüberliegenden Bürgersteig erkennen. Dahinter verschwand der dunkle Wald im grauen Nebel.

Ich presste meine Stirn an die Fensterscheibe. Das kühle Glas tat meinem erhitzten Kopf gut. Aus den Tiefen des Waldes ertönte das gleichzeitige Heulen zweier Tiere.

Ich sah wieder nach draußen. Der graue Lieferwagen parkte immer noch gegenüber von unserem Haus.

Das Geheul schien lauter zu werden und immer näher zu kommen. In diesem Moment bemerkte ich, wie jemand über den Rasen auf die Straße lief.

Ich blinzelte einmal, zweimal. Vielleicht war ich ja doch nicht ganz wach, und meine Augen spielten mir einen Streich.

Nein. Es war Roger. Ich konnte ihn im Licht der Verandabeleuchtung ganz deutlich erkennen. Sein langer, dünner Schatten schien sich über den ganzen blätterbedeckten Rasen zu ziehen.

Er rannte sehr schnell geradeaus über die Straße. Als er sie fast überquert hatte, öffnete sich die Seitentür des Lieferwagens, und zwei Hände erschienen, die ihn ins Innere zogen. Gleich darauf glitt die Tür wieder zu.

„Was ist denn jetzt los?", flüsterte ich mit erstickter Stimme.

Ich starrte hinaus in den Nebel. Nichts geschah. Der Lieferwagen stand einfach nur ruhig da. Nicht einmal die Innenbeleuchtung war eingeschaltet. Schatten huschten über den Rasen. Die Dunkelheit außerhalb des Lichtkegels der Verandabebeleuchtung schien immer tiefer zu werden.

Ich merkte, dass ich zitterte, und wandte mich vom Fenster ab.

Was ging da vor sich? Warum rannte Roger mitten in der Nacht zu einem Lieferwagen? Und wen traf er dort?

Immer noch zitternd beschloss ich, Cara zu wecken. Aber da entdeckte ich etwas neben meinem Bett.

Ein sanfter, weißer Glanz ging von meinem Nachttisch aus. Ich griff nach dem glänzenden Gegenstand und machte das Licht an.

Es war der weiße Affenkopf.

Seine goldgelben Augen glänzten in dem hellen Licht noch intensiver. Sein breites Grinsen schien mich zu verhöhnen, sich über mich lustig zu machen.

Hatte ich den Affenkopf etwa mit in mein Zimmer genommen? Ich konnte mich gar nicht daran erinnern, dass ich ihn auf meinen Nachttisch gelegt hatte. Aber wie sollte er sonst dorthin gekommen sein? Als ich ins Bett ging, war ich so müde gewesen, dass ich es vielleicht vergessen hatte.

Ich warf ihn aufs Bett und ging zurück zum Fenster. Der Lieferwagen stand immer noch da. Aus seinem Inneren drang kein Licht, und die Seitentür war geschlossen. Roger musste also noch drinnen sein.

„Hier ist irgendetwas faul!“, dachte ich und beschloss, mich in Rogers Zimmer umzusehen, während er draußen war. Vielleicht konnte ich dort irgendeinen Hinweis darauf finden, was mit ihm los war. Er hatte sich schon den ganzen Abend so merkwürdig verhalten. Und dass er jetzt auch noch mitten in der Nacht in einem unbeleuchteten Lieferwagen verschwand, war wirklich zu auffällig, um es einfach zu ignorieren.

Während ich meinen Bademantel anzog, versuchte ich, eine logische Erklärung dafür zu finden. „Vielleicht kauft er ja Drogen“, überlegte ich.

Nein. Bestimmt nicht. Roger war doch in der Hinsicht ein Musterknabe. Ich hatte noch nie gesehen, dass er mehr als ein halbes Bier am Abend trank, und ich konnte mir beim besten Willen nicht vorstellen, dass er etwas mit Drogen zu tun hatte.

Was dann? Traf er sich vielleicht mit einem Mädchen?

Ja, das war eine Möglichkeit.

Aber als ich genauer darüber nachdachte, erschien es mir doch unwahrscheinlich. Warum holte er sie nicht einfach rein? Und außerdem hatte ich den Lieferwagen vorhin schon gesehen. Wenn er wirklich mit einem Mädchen verabredet wäre, würde er sie doch sicher nicht so lange warten lassen.

Offensichtlich hatte er abgewartet, bis Cara und ich eingeschlafen waren. Was auch immer er dort draußen machte, er wollte anscheinend nicht, dass wir etwas davon mitbekamen.

Ich trat in den Flur und ging zur Dachbodentreppe. Der Fußboden knarrte und ächzte unter meinen Füßen.

Ich hatte gerade meinen Fuß auf die unterste Stufe gesetzt, als ich Rogers Stimme direkt hinter mir hörte. „Hey, Mark. Was machst du denn hier?“

Kapitel 7

Ich wirbelte herum. Der Flur wurde nur von einem kleinen Nachtlämpchen beleuchtet, das etwa in Höhe des Fußbodens gegenüber von Caras Zimmer in eine Steckdose gesteckt war. Aber sogar in diesem schwachen Licht konnte ich deutlich erkennen, dass Roger schwitzte und sein Gesicht gerötet war.

„Mann, hast du mich erschreckt!“, flüsterte ich.

„Entschuldige. Das scheint heute Nacht ja schon zur Gewohnheit zu werden“, murmelte Roger, ohne zu lächeln. „Was machst du eigentlich hier?“

„Ich ... also ... ich wollte gerade ins Badezimmer“, stotterte ich, weil mir so schnell nichts Besseres einfiel.

„Zum Badezimmer geht's aber in die Richtung“, sagte Roger und zeigte den Flur hinunter.

„Ich weiß. Aber ich ...“ Ich brach ab, ehe ich mich noch mehr verhedderte. „Hey, und wo kommst *du* her?“, fragte ich und drehte den Spieß um.

„Ich konnte nicht schlafen“, erwiderte er und wischte sich mit der Hand über die Stirn. „Wahrscheinlich habe ich heute zu lange über meinen Büchern gesessen. Ich bin ein bisschen spazieren gegangen, um den Kopf wieder klar zu kriegen.“

Das war eine dicke Lüge! Ich hatte schließlich gesehen, dass er direkt in den grauen Lieferwagen *spaziert* war.

„Es ist noch ganz schön warm draußen“, fügte er schnell hinzu. „Man kann kaum glauben, dass es schon November ist.“ Und dann schob er sich an mir vorbei und stieg die Treppen zur Mansarde hinauf.

„Na ja, dann gute Nacht!“, flüsterte ich. Ich beschloss, ihn nicht auf seine Lüge anzusprechen und ihm zu verraten, dass ich ihn dabei beobachtet hatte, wie er im Lieferwagen verschwunden war. Dazu war ich viel zu müde und verwirrt. Ich wollte erst mit Cara darüber sprechen und mit ihr zusammen überlegen, wie wir uns verhalten sollten.

„Gute Nacht!“, rief er über die Schulter zurück. Ich hatte

den Eindruck, dass er froh war, mir und meinen Fragen aus dem Weg gehen zu können, so schnell stürmte er die Treppe hinauf.

Dabei hatte ich wirklich eine Menge Fragen, die in meinem Kopf herumwirbelten wie schwere, nasse Wäschestücke in einer Waschmaschine. Aber jetzt war es zu spät.

Plötzlich fühlte ich mich auch sehr schwer und todmüde. Ich schlurfte in mein Zimmer zurück und ließ mich ins Bett fallen, ohne erst meinen Bademantel auszuziehen. Als ich schließlich einschlief, hatte ich merkwürdige und beunruhigende Träume.

In einem Traum war ich auf einem riesigen Parkplatz ausgesetzt worden. Soweit das Auge reichte, erstreckten sich endlose Reihen von grauen Wagen in alle Richtungen. Ich stand ganz allein in der Mitte dieses bedrückenden Platzes und wusste nicht, welcher Wagen mir gehörte und wie ich hier wieder herauskommen sollte.

Ich war von jemandem an diesem trostlosen Ort abgesetzt worden – daran erinnerte ich mich. Aber ich wusste nicht, warum und was ich nun tun sollte.

Als am nächsten Morgen um sieben Uhr der Wecker losrasselte, erwachte ich ziemlich schlecht gelaunt. Ich fühlte mich wie zerschlagen – meine Muskeln schmerzten, und mein Kopf war schwer. Was für eine Nacht! Ich konnte mich zwar nicht mehr genau an die anderen Träume erinnern, aber ich wusste noch, dass sie ähnlich unangenehm gewesen waren wie der erste.

„Oh, nein! Der Tag fängt ja gut an", stöhnte ich. Damit meinte ich nichts oder niemand Bestimmtes – einfach nur die Welt im Allgemeinen.

Ich reckte mich und drehte mich schlaftrunken auf die Seite. Als ich die Augen öffnete, fuhr ich erschrocken zusammen und war schlagartig wach. Auf meinem Nachttisch neben dem Radiowecker lag der weiße Affenkopf!

Wieder hatte ich das unheimliche Gefühl, dass er mich anstarrte und mir ein hässliches, spöttisches Grinsen zuwarf.

Obwohl es in meinem Zimmer noch dunkel war, glänzten die unheimlichen Augen ungewöhnlich hell.

Ohne lange darüber nachzudenken, griff ich nach diesem abstoßenden Ding und schleuderte es quer durch den Raum. Ich hörte, wie der Affenschädel gegen die Wand prallte und dann auf den Teppich plumpste. „Das hast du nun davon, wenn du mich so anstarrst!“, knurrte ich.

Dann fiel mir schlagartig ein, dass Mom und Dad inzwischen bestimmt zurückgekommen waren und unten warteten. Ächzend quälte ich mich aus dem Bett. Ich ließ meine morgendliche Dusche ausfallen und zog mir die Jeans von gestern über. Dann griff ich nach einem gestreiften Sweatshirt und stürmte zur Treppe.

Cara war direkt vor mir. „Guten Morgen!“, nuschelte ich.

Sie antwortete nicht. Stattdessen rief sie lauthals: „Hey! Mom, Dad, wo seid ihr?“, während wir, immer zwei Stufen auf einmal nehmend, die Treppen hinunterrasten.

Gleichzeitig erreichten wir die Küche. Sie war leer! Das schmutzige Geschirr von gestern Abend stapelte sich immer noch auf dem Tresen neben der Spüle. „Wir haben ja nicht besonders gründlich aufgeräumt“, seufzte Cara bei diesem unerfreulichen Anblick.

„Das ist doch jetzt völlig egal! Wo sind Mom und Dad?“, brüllte ich.

„Schrei mich nicht so an! Woher soll ich denn das wissen?“, zischte Cara.

„Ich schreie überhaupt nicht!“, verteidigte ich mich. Wollte sie etwa ausgerechnet jetzt einen Streit vom Zaun brechen?

„Vielleicht schlafen sie noch“, murmelte Cara und schob mich beiseite. „Ich werd mal oben nachsehen.“

„Warte, ich komme mit.“ Ich weiß auch nicht genau, warum ich ihr folgte. Es war wirklich nicht nötig, dass wir zu zweit im Schlafzimmer nachschauten, ob unsere Eltern schon zurück waren. Ich glaube, ich habe in diesem Moment gar nicht darüber nachgedacht, was ich tat. Denn ich machte mir inzwischen ernsthafte Sorgen. Das ist bei mir leider immer so. Wenn mich erst mal etwas beunruhigt, kann ich mich da richtig reinsteigern!

Ich blieb am Fuß der Treppe stehen und beobachtete Cara, wie sie aufgeregt zu Moms und Dads Schlafzimmer hinauflief. Viele furchtbare Bilder schossen mir durch den Kopf. Ich malte mir in allen Einzelheiten aus, was meinen Eltern zugestoßen sein konnte. „Wenn ihnen etwas passiert wäre, hätte uns die Polizei doch schon längst benachrichtigt“, versuchte ich mir einzureden. Dieser Gedanke beruhigte mich etwas, aber ich wusste genau, dass ich mich erst wieder besser fühlen würde, wenn ich wusste, wo sie waren.

„Sind sie da oben?“, rief ich die Treppe hinauf.

Caras Kopf tauchte über dem Treppengeländer auf. Ich bemerkte erst jetzt, dass sie ihre Haare nicht gekämmt hatte. Das war ziemlich ungewöhnlich für meine superordentliche Schwester. Niedergeschlagen schüttelte sie den Kopf. „Nee. Sie sind nicht nach Hause gekommen.“

In diesem Moment knurrte mein Magen lautstark, und ich merkte plötzlich, wie hungrig ich war. Ich fragte mich, ob wir überhaupt etwas zum Frühstück im Haus hatten. Gleich darauf überfiel mich das schlechte Gewissen. Wie konnte ich bloß an Essen denken, wenn Mom und Dad verschwunden waren!?

Cara schlich mit bedrücktem Gesicht die Stufen herunter, und ich folgte ihr in die Küche. Wir fühlten uns beide ziemlich mies. Nach längerem Suchen fand Cara eine Packung Cornflakes im Schrank. Da die Milch alle war, gossen wir einfach eine Dose Cola darüber. „Man sollte jeden Tag mit einem ausgewogenen Frühstück beginnen“, murmelte Cara ironisch.

Eigentlich schmeckte es gar nicht so schlecht. Ich hatte schon fast den ganzen Teller Cornflakes in mich hineingeschaufelt, als ich plötzlich – wie von der Tarantel gestochen – aufsprang. Gerade war mir der graue Lieferwagen wieder eingefallen!

„Hey! Wo willst du hin?“, rief Cara mir verdutzt nach, als ich ins Wohnzimmer rannte und aus dem Fenster starrte. Draußen war es immer noch dunkel. Die ersten schwachen

Sonnenstrahlen kämpften sich gerade durch die dichte Wolkendecke. Der Lieferwagen war verschwunden.

„Was machst du denn hier, Mark?“ Cara war mir ins Wohnzimmer gefolgt.

Ich deutete mit dem Daumen auf die Couch und war erstaunt, als Cara sich widerspruchslos hinsetzte. Dann erzählte ich ihr, was letzte Nacht passiert war.

„Und du hast wirklich gesehen, dass Roger in diesem merkwürdigen Lieferwagen verschwunden ist?“, fragte Cara skeptisch. „Du bist ganz sicher, dass du es nicht geträumt hast?“

Das ist typisch meine Schwester! Sie bezweifelt grundsätzlich erst mal alles, was man ihr erzählt.

„Nein, ich habe nicht geschlafen!“

„Es könnte doch auch sein, dass er an dem Wagen vorbeigelaufen ist. Vielleicht sah es nur so aus, als ob die Seitentür geöffnet war. Im Licht der Straßenlaternen werfen die Bäume manchmal seltsame Schatten.“

So langsam fing ich an, an dem zu zweifeln, was ich mit eigenen Augen gesehen hatte. „Nein“, sagte ich energisch. „Es war genau so, wie ich es beschrieben habe. Roger ist in den Lieferwagen geklettert, und dann wurde die Tür hinter ihm geschlossen.“

„Dann hat er dich also angelogen, als er sagte, dass er noch einen Spaziergang gemacht hat?“

„Cara, du bringst mich echt auf die Palme, wenn du so weitermachst“, knurrte ich und versuchte, meine wachsende Wut zu beherrschen.

„Okay, okay“, entgegnete sie und hob beschwichtigend die Hände. „Es tut mir Leid! Ich möchte doch nur, dass wir uns ganz sicher sind, bevor wir zu Roger raufgehen und ihm erzählen, was du gesehen hast. Das könnte sonst ziemlich peinlich werden.“

„Na gut … Es war vielleicht dunkel draußen und außerdem neblig, aber ich weiß genau, dass er in diesem Wagen verschwunden ist.“

„Dann lass uns jetzt sofort nach oben gehen!“, rief Cara. Sie sprang von der Couch auf und zog mich hoch. „Wir werden ihn einfach fragen, was er letzte Nacht in dem grauen Lieferwagen gemacht hat."

„Meinst du wirklich?" Caras Fragen hatten mich ganz schön verunsichert. Inzwischen fing ich schon fast an zu glauben, dass ich das alles doch nur geträumt hatte. Außerdem hatte ich keine große Lust, mich mit Roger anzulegen.

„Äh … Cara …", begann ich zögernd, während wir die Stufen hinaufstiegen. „Vielleicht sollten wir uns aus der Sache lieber raushalten. Ich meine, Roger hat doch schließlich auch ein Recht auf sein Privatleben, oder?"

Cara seufzte und rollte genervt mit den Augen. „Mark, unsere Eltern sind verschwunden, richtig?"

„Na ja … jedenfalls sind sie gestern nicht nach Hause gekommen."

„Und seitdem sie verschwunden sind, benimmt Roger sich ziemlich merkwürdig. Findest du nicht auch?"

„Ja, ich denke schon."

„Also haben wir ja wohl ein Recht darauf zu erfahren, warum er sich so auffällig verhält, oder etwa nicht?"

Ich dachte einen Augenblick über ihre Worte nach und musste ihr dann zustimmen. Wie üblich gab ich nach. In Auseinandersetzungen mit Cara ziehe ich immer den Kürzeren, es sei denn, ich fange an herumzuschreien. Aber dazu war ich heute Morgen einfach noch zu schlapp.

Außerdem hatte sie dieses Mal ausnahmsweise wirklich Recht.

Wir kletterten die schmalen Stufen zum Dachboden hinauf. Hier oben unter dem Dach war es einige Grade wärmer als unten im Haus. Rogers Zimmertür war geschlossen.

„Sollen wir ihn wecken?", flüsterte ich Cara zu. „Oder wollen wir lieber warten, bis er aufwacht?"

Cara warf mir einen vernichtenden Blick zu. „Natürlich werden wir ihn wecken!", zischte sie. „Oder wolltest du heute nicht zur Schule gehen?"

Ich klopfte zuerst zögernd, dann energischer an die Tür.

Keine Antwort.

Plötzlich lief mir ein kalter Schauer über den Rücken, und eine Welle von Angst krampfte meinen Magen zusammen. Ich hatte auf einmal das Gefühl, dass da drinnen etwas Schreckliches passiert war. Ich warf meinen Kopf mit einer heftigen Bewegung in den Nacken, um diesen Gedanken abzuschütteln. Inzwischen sah ich schon überall Gespenster!

Ich klopfte noch einmal, aber es kam wieder keine Antwort.

Also öffnete ich langsam die Tür und trat einen Schritt vor.

Graues Licht fiel durch ein kleines, schmutzverschmiertes Oberlicht in das Zimmer. Rogers schmales Bett war gemacht, und die dünne grüne Überdecke war ordentlich an allen vier Ecken festgesteckt worden. Der Raum war leer. Roger war schon gegangen.

„Das glaub ich einfach nicht", stöhnte Cara, die offenbar enttäuscht war, dass sie jetzt auf ihr Verhör verzichten musste.

„Wahrscheinlich hat er irgendwelche Seminare an der Uni", sagte ich und drückte mich an die Wand, damit Cara sich auch in das winzige Zimmer quetschen konnte.

„Doch nicht um diese Zeit", schnaubte Cara und knabberte dann nachdenklich auf ihrer Unterlippe herum. „Okay ... Wo wir nun schon mal hier sind, können wir uns ja auch ein bisschen umsehen", meinte sie dann.

„Das wird nicht lange dauern", sagte ich und zog den Kopf ein, damit ich nicht gegen die Decke stieß.

Ich nahm mir den Stapel Papiere vor, der sich auf Rogers Schreibtisch türmte. Es war nur ein Haufen Hefte und einige Lehrbücher. Cara ließ sich auf Hände und Knie nieder und schaute unter das Bett. „Siehst du was?", fragte ich. Aus irgendeinem Grund flüsterte ich.

„Jede Menge Staubwolken", antwortete sie und richtete sich hastig wieder auf.

Das Regal über dem Schreibtisch war bis auf einige Bücher und Zeitschriften, die unordentlich auf dem mittleren Bord herumlagen, fast leer. Ein einsamer Pappbecher, der mit Stiften und Textmarkern gefüllt war, stand auf dem Bord darunter.

„Was für ein ungemütliches Zimmer“, sagte ich.

„Finde ich auch. Er hätte ja wenigstens ein paar Poster oder so aufhängen können“, meinte Cara.

Ich warf einen Blick auf die nackten grauen Wände. Der Raum wirkte eher wie eine Gefängniszelle und nicht wie das Zimmer eines Studenten.

Cara begann, den Stapel Hefte und Bücher auf Rogers Schreibtisch durchzugehen. „Die habe ich mir schon angesehen“, sagte ich ungeduldig. Ich wurde langsam nervös und konnte es gar nicht erwarten, das Zimmer zu verlassen. Ich malte mir aus, was passieren würde, wenn Roger plötzlich zurückkäme und uns erwischte.

„Hey! Sieh dir das mal an!“, rief Cara überrascht und hielt ein leeres Notizbuch in die Höhe.

„Na, sowas! Ein Notizbuch! Da hast du ja wirklich einen aufregenden Fund gemacht“, knurrte ich gereizt.

„Das kann man wohl sagen. Es ist nämlich völlig leer!“ Cara blätterte das nächste Heft durch. „Schau doch mal, Mark! Dieses auch!“ Verblüfft untersuchte ich die anderen Hefte. Auch sie waren leer – es stand kein einziges Wort darin!

„Was hat das zu bedeuten?“, fragte ich. „Diese hier sind auch nicht benutzt.“

Cara blätterte gerade Rogers Lehrbücher durch. „Keine Unterstreichungen, keine Anmerkungen“, murmelte sie vor sich hin.

„Vielleicht schreibt er einfach nicht gerne in seine Bücher hinein“, sagte ich seufzend. „Ich tue das übrigens auch nicht. Ich glaube kaum, dass uns das sehr viel weiterhilft, Cara.“

„Aber er hat sich nicht eine einzige Notiz gemacht. Das ganze Zeug sieht aus, als wäre es noch nie benutzt worden!“

In diesem Moment hörte ich ein knarrendes Geräusch unten im Flur. Ich sah zu Cara. Sie hatte es offensichtlich auch gehört.

Vor lauter Schreck standen wir beide reglos da und lauschten angestrengt.

Stille.

Ich warf einen Blick durch die Tür, aber es war niemand zu sehen. Dann schlich ich auf Zehenspitzen zur Treppe und schaute hinunter. Wieder Fehlanzeige. Es war also nur das alte Haus gewesen, das ständig diese unheimlichen Geräusche von sich gab.

Als ich in Rogers Zimmer zurückkam, war Cara gerade dabei, die Schreibtischschubladen aufzuziehen und ihren Inhalt zu durchwühlen. Da in der winzigen Mansarde kein Platz für einen Kleiderschrank war, bewahrte Roger seine Klamotten im Schreibtisch auf. Eine ganze Schublade war mit ordentlich zusammengerollten Socken gefüllt.

„Komm, Cara! Lass uns verschwinden!", bat ich. „Wir werden hier bestimmt nichts Interessantes finden. Es ist doch praktisch nichts da, was man durchsuchen könnte. Mir kommt es so vor, als ob Roger gar nicht richtig hier lebt."

Cara sah mich eindringlich an. „Das ist ja gerade das Merkwürdige! Findest du das etwa nicht interessant?"

„Nein!", sagte ich kurz angebunden.

Cara ignorierte mich einfach und zog die unterste Schreibtischschublade heraus. Sie war bis obenhin mit Unterwäsche gefüllt. „Lass uns endlich abhauen!", drängte ich. „Wir haben nichts gefunden. Null. Absolut nichts." Ich wandte mich um und ging aus dem Zimmer.

„Warte, Mark! Oh, Gott!"

Erschrocken lief ich wieder zurück. „Cara, was ist los?"

Sie hatte die Unterwäsche aus der Schublade geholt. Darunter lag eine glänzende schwarze Pistole mit kurzem Lauf.

Kapitel 8

„Mark, was machst du denn da? Leg sofort die Pistole weg!“, brüllte ich. Er hatte die Waffe aus der Schublade genommen und untersuchte sie.

„Sie ist geladen“, stellte er mit leiser Stimme fest.

„Dann ziel doch gefälligst nicht auf mich!“

„Tu ich ja gar nicht! Reg dich bloß nicht so auf, ich leg sie ja schon zurück“, knurrte er verärgert.

„Sei bloß vorsichtig!“

Mark legte die Pistole zurück und fasste sie dabei an wie ein rohes Ei. Dann stapelte ich Rogers Unterwäsche wieder darauf und schloss die Schreibtischschublade.

„Was glaubst du, warum bewahrt Roger eine geladene Pistole in seinem Zimmer auf?“, fragte Mark.

„Vielleicht macht es ihm ja Spaß, auf Kakerlaken zu schießen“, witzelte ich.

Mark schaute mich verblüfft an. Er schien mal wieder nicht gemerkt zu haben, dass ich ihn auf den Arm genommen hatte.

„Na los! Lass uns von hier verschwinden!“, sagte ich und schob meinen begriffsstutzigen Bruder zur Tür.

Kaum waren wir unten angekommen, begann Mark, unruhig durch die Küche zu tigern. Ich setzte mich auf den Küchentisch und sah meinem Bruder wortlos zu. „Und jetzt?“, fragte Mark nach einer Weile.

Ich warf einen Blick auf die Uhr über der Spüle. Es war zwanzig vor acht. Wenn wir uns nicht bald auf die Socken machten, würden wir zu spät zur Schule kommen. „Das Telefon“, sagte ich. „Vielleicht ist es ja wieder in Ordnung.“

Wir rannten beide im gleichen Augenblick los und stürzten uns auf das Wandtelefon. Ich war schneller und riss den Hörer von der Gabel. Stille. „Es ist immer noch tot!“, seufzte ich.

„Wir müssen die Telefongesellschaft anrufen“, meinte Mark. „Wahrscheinlich haben Mom und Dad die ganze Nacht versucht, uns zu erreichen.“

„Ich weiß. Ich werd mal eben um die Ecke zu Mrs Fisher gehen", sagte ich. „Dort kann ich bestimmt telefonieren."

„Ich würde ja mitkommen, aber ich glaube, Mrs Fisher mag mich nicht besonders", entschuldigte sich Mark. „Sie hat neulich Mom besucht, als ich im Garten Bogenschießen trainierte, und seitdem sieht sie mich immer so komisch an."

„Ich finde sie ganz in Ordnung", rief ich und verschwand schnell durch die Hintertür. Ich liebe es nämlich, das letzte Wort zu haben.

Draußen war es ziemlich kühl. Kein Sonnenstrahl drang durch die dichten, tief hängenden Wolken. Ich hätte mir besser einen Pullover oder irgendetwas Warmes überziehen sollen, aber bis zu Mrs Fisher war es nicht weit.

Mit schnellen Schritten lief ich den Bürgersteig entlang, vorbei an Ahornbäumen und Platanen, die fast alle ihre Blätter verloren hatten. Es sah schon richtig winterlich aus, obwohl es für die Jahreszeit ganz ungewöhnlich warm war. Als ich Mrs Fishers verwinkeltes altes Haus, das mit Schindeln gedeckt war, sehen konnte, begann ich zu laufen, und joggte den Rest des Weges bis zu ihrer Gartenpforte.

Da die Klingel offenbar nicht funktionierte, benutzte ich den alten Türklopfer, der in der Mitte der Tür angebracht war. Schon nach dem zweiten Klopfen öffnete mir Mrs Fisher, eine ziemlich attraktive Frau von ungefähr Ende Vierzig oder Anfang Fünfzig. Heute trug sie Cordhosen und ein kariertes Männerhemd, das ihr viel zu groß war. Ihr tiefschwarzes Haar hatte sie mit einem blauen Gummiband zu einem Pferdeschwanz zurückgenommen.

Zuerst starrte sie mich nur wortlos an. Sie schien erstaunt zu sein, mich zu sehen. „Cara?", sagte sie dann fragend.

„Guten Morgen, Mrs Fisher. Tut mir Leid, wenn ich störe."

Sie öffnete die Tür etwas weiter und ließ mich hinein. „Kein Problem. Ich stehe jeden Morgen um sechs Uhr auf", beruhigte sie mich. Ein durchdringender Geruch nach Zigarettenrauch erfüllte das kleine Haus. „Ist alles in Ordnung?"

Als sie mir die Frage stellte, sah sie plötzlich zur Seite. Dies und die offensichtliche Besorgnis in ihrer Stimme machten mich stutzig. Aber dann sagte ich mir, dass ich mir das bestimmt nur eingebildet hatte. Nach den Erlebnissen von heute Morgen war ich drauf und dran, *jeden* zu verdächtigen.

„Ist Ihr Telefon in Ordnung? Unsere Leitung ist nämlich tot."

„Das ist ja merkwürdig. Mein Apparat funktioniert bestens. Gerade vor ein paar Minuten habe ich mit meiner Schwester gesprochen. Eigentlich müsste doch das Telefonnetz in der ganzen Gegend gestört sein."

„Komisch, nicht wahr?", stimmte ich Mrs Fischer zu. „Darf ich vielleicht mal Ihr Telefon benutzen?"

„Natürlich. Komm mit!" Ich folgte ihr durch das Wohnzimmer, das mit massiven dunklen Antikmöbeln vollgestellt war, in die Küche, die wesentlich heller und freundlicher wirkte.

„Ich denke, ich werde zuerst meine Eltern anrufen", sagte ich.

„Deine Eltern?"

Vom Ton ihrer Stimme alarmiert, sah ich auf und entdeckte einen seltsamen Ausdruck auf Mrs Fishers Gesicht. Sie schien nicht überrascht, sondern eher geschockt. Sobald sie merkte, dass ich sie beobachtete, setzte sie eine undurchdringliche Miene auf. Sie griff nach einer Packung Zigaretten und fingerte sich einen Glimmstängel heraus. Als sie zum Feuerzeug griff, fiel mir auf, dass ihre Hand zitterte.

„Meine Eltern haben wahrscheinlich die ganze Nacht gearbeitet. Sie sind noch nicht nach Hause gekommen", erklärte ich Mrs Fisher. Ich fragte mich, ob ich mir ihren merkwürdigen Gesichtsausdruck nur eingebildet hatte. Ja, so musste es sein – wahrscheinlich litt ich jetzt schon genauso unter Halluzinationen wie mein zart besaiteter Bruder.

Mrs Fisher schaute mich skeptisch an. Die Zigarette hing ihr dabei lässig im Mundwinkel. Dann drehte sie sich um, ging zur Spüle und begann, geräuschvoll einige Teller abzuwaschen. „Und sie haben nicht bei euch angerufen?", fragte sie ungläubig, ohne mich dabei anzusehen.

„Konnten sie ja nicht. Das Telefon ist doch kaputt."

„Oh, natürlich. Das hatte ich ganz vergessen. Wo arbeiten deine Eltern denn?", erkundigte sich Mrs Fisher. Mir fiel auf, dass die Teller, die sie mit Feuereifer abwusch, eigentlich völlig sauber aussahen.

„Bei der Firma Cranford Industries."

„Oh, ja. Cranford. Ich habe darüber gelesen. Ich glaube, sie stellen Flugzeugteile oder so was in der Art her. Sie bekommen eine Menge Regierungsaufträge, nicht wahr?"

„Keine Ahnung", sagte ich und hob den Telefonhörer ab. „Meine Eltern installieren dort ein Computersystem."

„Oh, wie interessant!" Mrs Fisher trocknete sich die Hände ab und drehte sich um. Sie nahm die qualmende Zigarette aus dem Mundwinkel und legte sie in den Aschenbecher. Mrs Fisher machte einen sehr nervösen Eindruck. „Cranford ist ziemlich weit weg", fuhr sie fort. „Mindestens eine Stunde von hier. Warum haben deine Eltern sich eigentlich ausgerechnet in Shadyside ein Haus gekauft und nicht näher bei ihrer Arbeitsstelle?"

„Keine Ahnung, Mrs Fisher. Darüber habe ich eigentlich noch nie nachgedacht. Vielleicht weil die Highschool hier besser ist. Na ja, Sie wissen schon – wegen Mark und mir."

„Cara ...", setzte sie an und brach sofort wieder ab.

„Ja?"

„Schon gut", sagte sie schnell. „Jetzt habe ich doch glatt vergessen, was ich sagen wollte." Sie warf das Geschirrtuch, das sie sich über die Schulter gehängt hatte, auf die Arbeitsplatte neben der Spüle. „Ich verschwinde jetzt besser mal und lass dich in Ruhe telefonieren." Sie sah irgendwie verstört aus, als sie sich auf dem Absatz umdrehte und die Küche verließ. Die brennende Zigarette glomm im Aschenbecher vor sich hin.

„Was ist denn bloß mit ihr los?", fragte ich mich beunruhigt. Bis jetzt hatte sie immer ganz ruhig und ausgeglichen gewirkt, wenn sie kam, um meine Eltern zu besuchen. Mrs Fisher war die Einzige aus der ganzen Nachbarschaft, die ein bisschen kontaktfreudiger war und ab und zu bei uns vorbeischaute.

Alle anderen Hausbesitzer in der Fear Street blieben lieber unter sich und grüßten nicht mal, wenn wir vorbeigingen.

Ich wählte die Durchwahl meiner Eltern bei Cranford Industries und lauschte dem gedämpften Klingeln. Sechsmal, siebenmal, achtmal … Es hob niemand ab. Nicht einmal die Telefonvermittlungszentrale, auf die das Gespräch nach einer Weile automatisch umgeschaltet wurde. Wahrscheinlich war es noch zu früh, um in der Firma jemanden zu erreichen.

Ich ließ mich gegen den Küchentresen sinken und fühlte mich auf einmal richtig schwach und mutlos. Die Enttäuschung war einfach zu groß – ich war so sicher gewesen, dass ich Mom und Dad erreichen würde!

Was nun?

Was sollte ich jetzt bloß tun? Wen konnte ich anrufen?

Wir waren ja erst seit September in Shadyside und kannten kaum jemanden.

Meine Gedanken rasten. Ich konnte doch nicht einfach zur Schule gehen, ohne zu wissen, was mit Mom und Dad war. Die Vorstellung, dort Stunde für Stunde abzusitzen und nichts tun zu können, machte mich wahnsinnig.

Eine Welle von Panik überwältigte mich, und gleichzeitig bekam ich heftige Magenschmerzen. Mein Herz klopfte wie wild, während ich immer noch das Telefon anstarrte.

Und plötzlich hatte ich einen Geistesblitz. Mark und ich mussten zu Cranford Industries fahren und dort nach Mom und Dad suchen!

Das Problem war nur, dass wir kein Auto hatten. Also mussten wir uns eben eins leihen oder notfalls sogar mieten. Und vielleicht gab es ja auch einen Bus, der dorthin fuhr.

Das war die Lösung! Wir würden die Schule sausen lassen und nach Cranford fahren! Wenn Mom und Dad da waren, würden wir sie als Erstes fragen, warum sie sich nicht gemeldet hatten. Und wenn sie nicht da waren … Ach was, sie *mussten* einfach da sein!

„Vielen Dank, Mrs Fisher!“, rief ich in den Flur.

Als keine Antwort kam, ging ich achselzuckend zur Haustür. Ich stand schon fast wieder auf dem Bürgersteig, als mir auf einmal siedend heiß einfiel, dass ich total vergessen hatte, die Telefongesellschaft anzurufen. Also machte ich kehrt und rannte zurück ins Haus.

„Und es kommt nicht mal ein Freizeichen?“, fragte eine freundliche Dame am anderen Ende. Sie klang überrascht.

„Nein. Die Leitung ist völlig tot“, sagte ich.

„Sehr ungewöhnlich. Wir haben keine einzige Beschwerde aus der Nachbarschaft bekommen“, murmelte die Frau. „Ich werde sofort unseren Reparaturservice benachrichtigen, damit sie jemanden vorbeischicken.“

Ich bedankte mich und legte den Hörer auf. Jetzt fühlte ich mich schon etwas besser. Da Mrs Fisher noch immer nicht aufgetaucht war, rief ich ein lautes „Tschüss!“ zum Abschied und rannte nach Hause. Ich wollte so schnell wie möglich Mark in meinen Plan einweihen, die Schule zu schwänzen und nach Mom und Dad zu suchen.

Ich lief unsere Auffahrt hoch und kam auf dem Weg zur Hintertür an der Garage vorbei. Plötzlich blieb ich wie vom Donner gerührt stehen – beim Vorbeisprinten war mir aus dem Augenwinkel etwas Merkwürdiges aufgefallen. Unsere Garagentore haben nämlich lange, rechteckige Fenster, durch die man ins Innere sehen kann.

Ich drehte mich um und ging langsam zurück. Dann stellte ich mich dicht vor die Scheibe und schaute hinein. Ich hatte mich nicht getäuscht!

Der Wagen meiner Eltern – der blaue Toyota, mit dem sie jeden Tag zur Arbeit fuhren – stand in der Garage!

Kapitel 9

Mark öffnete das Garagentor. Wir standen in der Auffahrt und starrten mit offenem Mund den Toyota an – so, als hätten wir noch nie in unserem Leben ein Auto gesehen. „Wie sind Mom und Dad denn bloß zur Arbeit gekommen?“, fragte Mark und schüttelte fassungslos den Kopf. Er ging in die Garage und schaute durch die Fenster ins Wageninnere.

Eigentlich beschäftigte uns eine ganz andere Frage, aber keiner von uns beiden traute sich, sie auszusprechen: Waren sie überhaupt zur Arbeit gefahren?

Es gab nur eine Möglichkeit, das herauszufinden.

„Wir müssen nach Cranford fahren – sofort!“, sagte ich entschieden.

Mark trat unschlüssig gegen den Hinterreifen. „Ich kann nicht, Cara. Wir schreiben heute eine Mathearbeit. Und außerdem bin ich mit Gena in der Schule verabredet ...“

Er brach ab und sah betreten zu Boden. Er wusste genau, dass das alles längst nicht so wichtig war, wie Mom und Dad zu finden.

„Mist! Ich weiß einfach nicht, was wir tun sollen!“, schrie er plötzlich wütend und schlug mit der flachen Hand auf den Kofferraum. Er sah dabei aus wie ein kleiner, trotziger Junge. „Autsch!“ Das hatte offensichtlich ganz schön wehgetan.

„Könntest du vielleicht mal für fünf Minuten aufhören, den wilden Mann zu markieren?“, fragte ich. „Ich verstehe ja, dass du aufgeregt bist. Mir geht es doch auch nicht anders, aber es bringt überhaupt nichts, wenn wir unsere Wut und Hilflosigkeit an dem armen Auto auslassen. Wir müssen irgendetwas unternehmen, sonst drehen wir noch völlig durch!“

„Okay, okay“, knurrte Mark. „Dann lassen wir eben den Unterricht heute ausfallen. Komm, wir holen die Wagenschlüssel und unsere Jacken und fahren gleich los. Wenigstens haben wir jetzt ein Auto.“

Wir schauten beide gleichzeitig auf den Toyota. Ich bekam

plötzlich ganz weiche Knie und musste mich umdrehen. Der Wagen meiner Eltern hätte einfach nicht hier sein dürfen. Irgendetwas an der ganzen Sache war faul, oberfaul!

„Vielleicht hat sie ja jemand zur Arbeit mitgenommen“, überlegte Mark, als wir ins Haus liefen, um unsere Jacken zu holen. „Oder sie hatten einen Notfall in der Firma, und die haben einen Fahrer geschickt, der sie abholt.“

„Könnte sein“, sagte ich halbherzig. Wir wussten beide, dass das verdammt weit hergeholt war.

Aber was sollten wir denn sonst glauben?

Ich griff nach meiner Daunenjacke und holte die Ersatzschlüssel und eine Straßenkarte aus dem Schreibtisch im Wohnzimmer. Kurz darauf fuhr Mark rückwärts aus der Einfahrt. Die Sonne hatte die dichten, tief hängenden Wolken nicht vertreiben können. Es war ein grauer, windiger Tag – ein erster Vorgeschmack auf den ungemütlichen November.

Wir waren am Ende der Fear Street angekommen, als Mark plötzlich mit voller Wucht auf die Bremse trat. „Der Lieferwagen!“, brüllte er.

Der graue Lieferwagen, der keine Aufschrift an den Seiten hatte, parkte direkt vor uns am Straßenrand. Auf dem Fahrersitz saß ein Mann mit streichholzkurzen, weißblonden Haaren.

Mark stoppte den Toyota auf gleicher Höhe mit dem Lieferwagen. Der blonde Mann starrte stur geradeaus und tat so, als würde er uns gar nicht bemerken.

Mark kurbelte die Scheibe herunter und steckte den Kopf aus dem Fenster. „Hey! Warten Sie vielleicht auf Roger?“, rief er dem Typen zu.

Daraufhin kurbelte der Mann im Lieferwagen ebenfalls die Scheibe herunter. „Entschuldigung. Ich hatte das Radio voll aufgedreht. Was gibt's denn?“, fragte er mit einem strahlenden Lächeln. Dabei entblößte er zwei Reihen makelloser, weißer Zähne. Die meisten Leute hätten ihn wahrscheinlich für ziemlich gut aussehend gehalten, aber mit seinem weißblonden Haar, der blassen Haut und den blendend weißen Zähnen wirkte er fast wie ein Albino.

„Warten Sie auf Roger?“, wiederholte Mark seine Frage.

„Auf wen?“

„Auf Roger!“

Der Mann im Lieferwagen schüttelte den Kopf. Sein Lächeln strahlte immer noch wie eine Hundert-Watt-Birne. „Tut mir Leid! Da habt ihr wohl den Falschen erwischt. Ich kenne keinen Roger.“

Mark starrte ihn enttäuscht an. „Oh! Entschuldigung.“

„Kein Problem“, sagte der Mann und kurbelte seine Scheibe wieder hoch.

Mark presste den Fuß aufs Gaspedal, und wir fuhren mit quietschenden Reifen davon. „Er lügt“, sagte er mit zusammengebissenen Zähnen.

„Woher willst du das wissen?“, fragte ich.

„Ich hab's an seinem Grinsen gemerkt.“

Wir prusteten beide los, obwohl seine Bemerkung gar nicht komisch war. Aber irgendwie tat es gut, nach der ganzen Anspannung einfach mal laut zu lachen. Danach wurden wir beide sehr still.

Mark lenkte mit einer Hand und schaute starr geradeaus. Als wäre er ein ferngesteuerter Roboter oder so was Ähnliches.

Nach einer Weile konnte ich das Schweigen nicht länger aushalten. „Was wäre das Schlimmste, was sie uns bei Cranford Industries erzählen könnten?“, fragte ich ihn.

Mark antwortete zuerst nicht. Ich wusste nicht, ob er nachdachte, oder ob er mich gar nicht gehört hatte.

„Das Schlimmste?“, fragte er schließlich und bog mit quietschenden Reifen um die Ecke. „Ich glaube, das Schlimmste wäre, wenn man uns erzählen würde: ‚Eure Eltern haben Dienstag ganz normal Feierabend gemacht. Wir haben uns auch schon gefragt, warum sie gestern nicht zur Arbeit gekommen sind.‘“

Ich konnte Mark nur zustimmen. Das war wirklich das Schlimmste, was man sich vorstellen konnte. „Und was wäre das Beste, was sie sagen könnten?“, fragte ich und versuchte krampfhaft, die Unterhaltung in Gang zu halten.

„Blöde Frage“, schnaubte Mark. „Das ist doch klar: 'Eure Eltern sind in ihrem Büro. Sie waren die letzten Tage leider sehr beschäftigt.'“

„Na ja … Das wäre doch immerhin eine Möglichkeit, oder?“, sagte ich. Aber Mark und ich wussten beide, dass das ziemlich unwahrscheinlich war.

Es wäre ja auch zu schön, um wahr zu sein, wenn unsere Eltern plötzlich im Büro auftauchen und sich dafür entschuldigen würden, dass sie nicht angerufen hatten. Trotzdem hoffte ich, dass uns bei Cranford Industries irgendjemand eine logische Erklärung für ihr Verschwinden geben konnte.

Warum nur wollte mir dann keine logische Erklärung einfallen?

Ich versuchte, nicht darüber nachzudenken. Aber das gelang mir nicht besonders gut. Immer wieder malte ich mir aus, was Mom und Dad alles passiert sein konnte. Ausgerechnet die hässlichsten, beunruhigendsten Gedanken haben eine ganz besondere Macht und breiten sich ungehindert in deinem Kopf aus, auch wenn du dich noch so sehr dagegen wehrst.

Nachdem wir den Rest der Fahrt schweigend verbracht hatten, erreichten wir endlich das Industriegebiet, das auf der Karte eingezeichnet war, und folgten den Wegweisern zu Cranford Industries. Als die Firma in Sicht kam, schnappte ich erstaunt nach Luft. Vor uns lag ein riesiges, dreistöckiges Gebäude, das gar nicht so modern aussah, wie ich es mir vorgestellt hatte. Es war von einem wunderschönen, gepflegten Rasen umgeben, dessen Rand immergrüne Bäume säumten. Wir wussten nicht, wo wir hier parken sollten, und es war auch niemand zu sehen, der uns hätte weiterhelfen können. Nach einigem Herumkurven entdeckten wir schließlich einen großen Parkplatz auf der Rückseite des Gebäudes. Als wir gerade darauf zufahren wollten, trat ein bewaffneter Wachmann aus einem kleinen Häuschen neben der Einfahrt und machte uns ein Zeichen, dass wir anhalten sollten.

„Pass“, knurrte er undeutlich und streckte Mark seine Hand entgegen.

„Was? Sagten Sie, wir können passieren?“, fragte Mark.

„Den Pass!“, widerholte der Wachmann etwas schärfer.

„Oh … So was haben wir nicht. Wir sind nur Besucher.“

Der Wachmann griff nach einem Klemmbrett, auf das mehrere Blätter geheftet waren, und starrte auf den obersten Bogen. „Eure Namen?“

„Wir stehen nicht auf Ihrer Liste“, sagte Mark. „Wir sind gekommen, um unsere Eltern zu sehen, und haben uns vorher nicht angemeldet.“

„Ihre Namen?“ Er blätterte einige Seiten um, bis er zu einer anderen, längeren Liste kam.

„Burroughs. Lucy und Greg Burroughs“, sagte Mark schnell.

„Die hab ich hier nicht!“, bellte der Wachmann und sah uns misstrauisch an.

„Sie sind noch ziemlich neu in der Firma“, erklärte ich lahm.

Der Wachmann beugte sich hinunter, blickte durchs Wagenfenster und betrachtete Mark und mich eingehend. Danach warf er einen prüfenden Blick auf den Rücksitz. „Okay …“, sagte er schließlich. „Parkt da drüben in Abschnitt 23-B. Dann geht ihr um das Gebäude herum zum Haupteingang. Sie werden euch drinnen überprüfen.“

„Vielen Dank!“, riefen Mark und ich erleichtert. Ich hatte das Gefühl, als ob ich gerade einen wichtigen Test bestanden hätte. Trotzdem fragte ich mich, warum sie hier so eine große Sache daraus machten, wenn zwei Teenager ihre Eltern besuchen wollten.

Wir stellten den Wagen in Abschnitt 23-B ab und machten uns auf den Weg zum Haupteingang – so wie der Wachmann es angeordnet hatte. „Hey! Warte doch!“, rief ich Mark zu, der so schnell losstürmte, dass ich kaum hinterherkam.

„Entschuldige.“ Mark blieb stehen und wartete, bis ich ihn eingeholt hatte. „Mann, dieser Kasten ist ganz schön beeindruckend“, sagte er und warf einen viel sagenden Blick auf das Firmengebäude.

„Und so riesig“, keuchte ich noch etwas außer Atem, während ich eine der großen Glastüren des Haupteingangs öffnete. „Wie sollte man hier bloß jemanden finden?“

Wir hatten kaum einen Fuß in die Eingangshalle gesetzt, als auch schon ein anderer Wachmann vor uns auftauchte. Im Gegensatz zu seinem Kollegen war er noch sehr jung. Er hatte kalte blaue Augen und ein paar kümmerliche blonde Barthaare unter der Nase.

„Seid ihr die Besucher?“, fragte er streng und ließ seinen Blick an uns entlangwandern wie der Wachmann auf dem Parkplatz.

„Ja“, nickten wir beide eifrig.

„Burroughs, nicht wahr?“, sagte er. Offenbar hatte sein Kollege ihn schon per Funk oder Telefon über unser Kommen informiert. „Bleibt ganz ruhig stehen. Es tut nicht weh.“

Mit diesen Worten hob er einen Metalldetektor, wie sie auch an Flughäfen benutzt werden, und untersuchte uns damit gründlich von Kopf bis Fuß.

Mark und ich sahen uns verblüfft an. Ich glaube, wir dachten in diesem Moment beide das Gleiche: „In was für einem merkwürdigen Laden arbeiten unsere Eltern da eigentlich?“

„In Ordnung“, sagte der Wachmann schließlich. „Kommt mit.“

Er führte uns durch die große, offene Eingangshalle, die sich über die gesamte Länge des Gebäudes zu erstrecken schien. Sie wirkte so nobel, dass wir richtig eingeschüchtert waren. Über den riesigen Raum verteilt gab es mehrere Sitzgruppen mit teuren Couchen und Sesseln aus Leder, und an den Wänden hingen große Ölgemälde. Von der Mitte der Halle aus führte eine Treppe aus poliertem Messing in die oberen Stockwerke. Unsere Turnschuhe quietschten auf dem Marmorfußboden, als wir versuchten, mit dem Wachmann Schritt zu halten, der ein rasantes Tempo vorlegte.

Ich warf einen schnellen Seitenblick auf Mark. Er sah genauso nervös aus, wie ich mich fühlte.

Es kam mir so vor, als wären wir ein paar Meilen gelaufen, als uns der Wachmann schließlich zu einem großen Empfangstresen aus Mahagoni führte, der in der Nähe der Treppe diagonal in den Raum ragte. Der Mann verschwand ohne ein Wort und kehrte mit eiligen Schritten auf seinen Posten an der Tür zurück. Die Empfangsdame hinter dem gigantischen Tresen war so in den Terminplaner vertieft, der vor ihr lag, dass sie bei unserer Ankunft nicht einmal aufblickte. Ungeduldig warteten wir darauf, dass sie uns ihre Aufmerksamkeit widmete. Mir fiel auf, dass die junge Frau sehr gut aussah. Ihr strohblondes Haar war streng zurückgekämmt, und sie trug ein geschmackvolles, pflaumenfarbenes Kostüm.

Endlich legte sie ihren Terminplaner beiseite und warf uns ein geschäftsmäßiges Lächeln zu. „Was kann ich für euch tun?“, fragte sie freundlich.

„Äh ... ja ... Wir sind gekommen, um unsere Eltern zu sehen“, platzte Mark heraus.

„Arbeiten sie hier?“

Bevor wir der jungen Frau antworten konnten, summte das Telefon auf dem Schreibtisch, und sie hob den Hörer ab. Sie sprach drei oder vier Minuten und sah uns zwischendurch entschuldigend an. Je länger wir warten mussten, desto nervöser wurden wir. Ich bekam plötzlich stechende Magenschmerzen und fühlte mich ein bisschen benommen.

Endlich legte sie den Hörer auf die Gabel. Doch schon im nächsten Moment summte das Telefon erneut. Wieder standen Mark und ich einige Minuten herum und versuchten mühsam, uns zusammenzureißen und uns unsere Ungeduld nicht anmerken zu lassen.

Ich beobachtete die Leute, die an uns vorbeigingen. Fast alle trugen Geschäftskleidung und eilten rasch auf die imposante Treppe zu. Ihre blank polierten Schuhe klickten laut auf dem Marmorboden. Ich hoffte von ganzem Herzen, dass auch Mom und Dad gleich auftauchen würden.

Und dann sah ich sie!

Sie kamen Arm in Arm vom anderen Ende der großen Halle auf uns zu.

„Hallo! Mom! Dad!“, schrie ich. „Hier sind wir!“

Mark und ich rannten ihnen entgegen, aber sie schienen uns gar nicht zu bemerken.

„Hallo, ihr beiden!“, rief ich glücklich.

Aber als wir sie schon fast erreicht hatten, merkte ich, dass es gar nicht Mom und Dad waren.

Mark und ich blieben abrupt stehen. Aus der Nähe sah das Paar unseren Eltern nur noch entfernt ähnlich. Da war wohl wieder mal meine Fantasie mit mir durchgegangen!

Der Mann und die Frau liefen direkt an uns vorbei und auf die Treppe zu.

Mark und ich vermieden es, uns anzusehen. Wir starrten beschämt zu Boden. Wahrscheinlich kam Mark sich in diesem Moment genauso blöd vor wie ich. „Es tut mir Leid!“, sagte ich leise zu ihm.

Mark gab mir keine Antwort. Wir gingen zurück zu der jungen Frau am Empfangstresen und warteten darauf, dass sie ihr Telefongespräch beendete.

„Also, zu wem wolltet ihr noch mal?“, fragte sie, nachdem einige weitere endlose Minuten vergangen waren.

„Zu unseren Eltern“, antwortete ich. „Sie heißen Burroughs. Greg und Lucy Burroughs.“

Die junge Frau gab die beiden Namen in ihren Computer ein, der neben ihr auf dem Tisch stand, und blickte mit gerunzelter Stirn auf den Bildschirm. „Wie schreibt sich Burroughs?“

Ich buchstabierte ihr den Namen, und sie tippte daraufhin einige Worte auf der Tastatur. Auf dem grünen Bildschirm des Monitors erschien eine lange Liste mit Namen. Langsam fuhr sie mit dem Finger daran herunter. Nach ein paar Sekunden sah sie auf und sagte: „Tut mir Leid. Wir haben hier niemanden mit diesem Namen.“

„Aber das ist unmöglich!“, rief Mark. Er sah auf einmal richtig wütend aus.

„Wisst Ihr was? Ihr seid bestimmt im falschen Gebäude“, sagte die junge Frau freundlich.

„Im falschen Gebäude?“, fragte Mark verständnislos. Er

drehte sich um und blickte zu den Eingangstüren am anderen Ende der Halle.

„Dies hier ist Cranford Industries", meinte die Empfangsdame geduldig. „Aber es gibt eine Menge Firmen im Industriegebiet. Vielleicht habt ihr ja die falsche ..."

„Nein, nein", unterbrach Mark sie. „Wir sind hier richtig. Unsere Eltern arbeiten bei Cranford Industries."

„Sie haben erst im September angefangen", schaltete ich mich in das Gespräch ein. „Vielleicht sind ihre Namen noch nicht in den Computer eingegeben."

„Hm ..." Sie dachte einen Moment lang nach. „Eigentlich wird die Liste unserer Mitarbeiter jede Woche aktualisiert. Aber, sagt mal – wisst ihr vielleicht, in welcher Abteilung eure Eltern arbeiten?"

„In der Computerabteilung", sagte ich. „Sie installieren dort einen Großrechner."

„Computer?" Wieder runzelte die junge Frau die Stirn. „Ich habe eine Idee. Am besten rufe ich mal bei Mr Blumenthal an. Er ist der Leiter der Personalabteilung."

„Danke", riefen Mark und ich gleichzeitig.

Ich war völlig durcheinander. Warum waren Mom und Dad nicht im Verzeichnis der Mitarbeiter aufgeführt?

Während ich zusah, wie die Empfangsdame die Nummer von Mr Blumenthal wählte, beantwortete ich mir meine Frage selbst. Es gab eine ganz einfache Lösung. Meine Eltern waren bei Cranford Industries wahrscheinlich nicht fest angestellt, sondern arbeiteten als freie Mitarbeiter nur so lange hier, bis der Großrechner installiert war. Deswegen gehörten sie auch nicht zu einer bestimmten Abteilung der Firma und waren nicht im Mitarbeiterverzeichnis aufgeführt.

Dieser Gedanke heiterte mich wieder ein bisschen auf, aber ich war trotzdem immer noch schrecklich nervös. Der unaufhörliche Menschenstrom, der durch die riesige Eingangshalle wanderte, das Klacken der Absätze auf dem Marmorboden und das helle, gleißende Licht verunsicherten mich und trugen dazu bei, dass ich mich nicht wohl in meiner Haut fühlte.

Die Empfangsdame hatte sich abgewandt, als sie mit Mr Blumenthal telefonierte, sodass ich nicht hören konnte, was sie zu ihm sagte. Kurz darauf legte sie den Hörer auf und tippte mit irritierter Miene eine andere Nummer ein. „Mr Blumenthal hat mich gebeten, bei Ihnen anzurufen. Könnte ich wohl Mr Marcus sprechen?“, hörte ich sie sagen.

Wer war denn nun wieder dieser Mr Marcus!?

Abermals wandte sie sich ab, sodass ich den Rest des Gesprächs nicht verstehen konnte. Kurz darauf legte sie den Hörer auf und sagte zu uns: „Mr Marcus wird euch in einigen Minuten empfangen.“

„Arbeitet er auch in der Personalabteilung?“, fragte ich.

„Er ist unser LM“, sagte die junge Frau und sah mich dabei so fassungslos an, als ob ich gerade auf ihren Schreibtisch gespuckt hätte.

„LM?“, fragte Mark.

„Leitender Manager“, sagte sie mit übertriebener Betonung und runzelte missbilligend die Stirn über Marks Unwissenheit. „Warum nehmt ihr nicht so lange Platz?“ Sie zeigte auf zwei gigantische Ledersessel gegenüber vom Empfangstresen. Dann nahm sie das nächste Telefongespräch entgegen.

Mark und ich schlenderten zu den Sesseln hinüber, waren aber viel zu nervös und unruhig, um uns hinzusetzen. Wir wollten die ganze Sache möglichst schnell hinter uns bringen.

„Was will denn der Oberboss von uns?“, flüsterte Mark mir zu.

Ich zuckte mit den Schultern. Woher sollte ich das wissen?

Wenige Minuten später kam eine junge Frau die Treppe herunter, einen großen Stapel Aktenordner im Arm. Sie stellte sich als Sekretärin von Mr Marcus vor und bat uns, ihr zu folgen. Sie führte uns in den ersten Stock und durch mehrere lange Flure, von denen kleinere und größere Büroräume abgingen. Endlich standen wir vor einem Eckbüro von gigantischen Ausmaßen. „Mr Marcus’ Büro“, erklärte die Sekretärin.

Als wir eintraten, legte Mr Marcus den Hörer auf und lächelte uns freundlich an. Er war ein erstaunlich junger Mann mit kurzem braunen Haar, das er mit Gel streng nach hinten gekämmt hatte. Er trug eine Brille mit dicken Gläsern in einer viereckigen schwarzen Fassung.

„Hallo! Schön, euch kennen zu lernen. Habt ihr heute schulfrei?" Er überschüttete uns mit einem Wortschwall, bevor wir irgendetwas sagen konnten. Dann bedeutete er uns, auf den beiden Stühlen vor seinem Schreibtisch Platz zu nehmen.

„Wir haben die Schule ausfallen lassen", sagte Mark kurz angebunden. Man sah ihm deutlich an, dass er sich bei diesem Geständnis ziemlich unbehaglich fühlte.

Mr Marcus begann zu lachen, verstummte aber gleich wieder, als er den ernsten Ausdruck auf unseren Gesichtern bemerkte.

„Wir würden gerne unsere Eltern sehen. Wir haben nämlich ein Problem", fügte ich hinzu.

„Okay. Ich werde sie sofort holen lassen", rief Mr Marcus. „Ich merke ja, wie aufgeregt ihr seid. Ist zu Hause irgendetwas passiert?"

„Nein. Nicht direkt", druckste ich herum. „Aber wir müssen unbedingt mit ihnen sprechen."

„Sie werden gleich hier sein. Es dauert nur einen kurzen Moment", sagte Mr Marcus und warf uns ein warmes, beruhigendes Lächeln zu. Er war mir sofort sympathisch. Ich konnte mir gut vorstellen, warum er bereits ein so hohes Tier war, obwohl er noch recht jung zu sein schien. Er vermittelte einem den Eindruck von Tatkraft und Zuverlässigkeit. Ein Mann, dem man vertrauen konnte.

„Wie heißen denn eure Eltern?", fragte er.

„Burroughs. Lucy und Greg Burroughs", antwortete ich.

Mr Marcus setzte für einen Moment die Brille ab und rieb sich den Nasenrücken. Dann drückte er einige Tasten auf dem Computer neben seinem Schreibtisch. „Burroughs … Burroughs …", murmelte er vor sich hin.

„Sie haben im September hier angefangen", sagte ich mit zitternder Stimme. „Sie sollen einen Großrechner für Ihre Firma installieren."

Überrascht blickte er vom Bildschirm auf. „Großrechner?“

„Ja, unsere Eltern sind Computerexperten.“

„Aber wir arbeiten hier gar nicht mit Großrechnern“, sagte er und sah noch verwirrter aus. Er schaute Mark und mich prüfend an.

„Wirklich nicht?“

„Nein. Ich müsste es doch wohl wissen, wenn ich jemanden eingestellt hätte, um eine solche Anlage zu installieren.“

„Aber unsere Eltern …“

Mr Marcus stand auf. Er war viel größer, als ich gedacht hatte. „Und ihr beide seid euch ganz sicher, dass ihr hier bei der richtigen Firma seid?“

„Ja“, seufzte ich. Allmählich konnte ich diese Frage nicht mehr hören.

„Nun, das tut mir wirklich Leid“, sagte Mr Marcus. „Aber ich weiß nicht, wie ich euch weiterhelfen könnte.“ Er schaute noch einmal auf den Bildschirm und gab weitere Befehle ein. Dann überprüfte er wieder irgendeine Liste.

„Nichts“, sagte er schließlich. „Bei uns arbeitet niemand, der Burroughs heißt. Und wir hatten auch noch nie einen Angestellten dieses Namens.“

Kapitel 10

„Das Ganze kam mir vor wie ein böser Traum“, sagte ich. „Völlig irreal, so, als ob die ganze Welt plötzlich auf den Kopf gestellt worden wäre.“

Cara nickte. „Ich weiß, was du meinst. Mir ging's genauso. Ich werde nie den Gesichtsausdruck von Mr Marcus vergessen. Er schien wirklich Mitleid mit uns zu haben.“

„Stimmt. Seine Worte gehen mir immer wieder durch den Kopf. ‚Bei uns arbeitet niemand, der Burroughs heißt. Und wir hatten auch noch nie einen Angestellten dieses Namens.'“

Cara und ich saßen in dem großen Park von Shadyside, der hinter der Highschool beginnt und sich bis zum Cononka Fluss am Rande der Stadt erstreckt. Der Park lag leer und verlassen da. Die Bäume hatten alle Blätter verloren und reckten ihre nackten Äste in den grauen Himmel.

Ich hockte auf einem niedrigen Baumstumpf. Cara saß mit gekreuzten Beinen auf dem Boden. Sie hatte sich die Daunenjacke bis zum Kinn hochgezogen, und ihr blondes Haar flatterte in dem böigen Wind.

Während der ganzen Rückfahrt von Cranford hatten wir kein Wort miteinander gesprochen. Wir waren wohl beide völlig geschockt.

Wir konnten einfach nicht glauben, dass unsere Eltern uns angelogen hatten. Sie behaupten einfach, bei Cranford Industries zu arbeiten, und dann hatte man dort noch nie etwas von ihnen gehört. Jetzt hatten wir überhaupt keine Möglichkeit mehr, mit ihnen Kontakt aufzunehmen.

Zuerst dachten wir noch, dass Mr Marcus sich geirrt hatte. Wir waren fest davon überzeugt, dass ihm bei der Eingabe in den Computer ein Fehler unterlaufen sein musste. Aber er hatte das Programm dreimal überprüft und dann sogar noch im Personalbüro angerufen, um sicherzugehen, dass es nicht am Computer lag.

Nichts. Was er uns gesagt hatte, war völlig korrekt. *Bei uns arbeitet niemand, der Burroughs heißt. Und wir hatten auch noch nie einen Angestellten dieses Namens.*

Mr Marcus hatte uns seine Hilfe angeboten. Er war sehr mitfühlend und verständnisvoll gewesen, als er merkte, dass Cara und ich am Boden zerstört waren. Aber was konnte er schon für uns tun?

Wir rannten fast aus dem Gebäude, so eilig hatten wir es, von dort wegzukommen. Der Wachmann auf dem Parkplatz versuchte, uns aufzuhalten, als wir zur Ausfahrt kamen, aber ich gab Gas und raste an ihm vorbei.

Und jetzt saßen wir hier in dem kalten, düsteren Park, starrten auf die Rückfront der Highschool und versuchten verzweifelt herauszufinden, was wir als Nächstes tun sollten. Auf der anderen Seite der Rasenfläche pickten zwei Rotkehlchen auf der harten Erde herum. Ihre Versuche, etwas Essbares zu finden, schienen nicht sehr erfolgreich zu sein. Wir waren offenbar nicht die Einzigen, denen das Leben übel mitspielte.

„Und was machen wir jetzt?“, fragte ich.

Cara schüttelte niedergeschlagen den Kopf. „Die Polizei informieren, denke ich.“

„Es wird uns wohl nichts anderes übrig bleiben.“

„Warum haben sie uns bloß angelogen?“, schrie Cara plötzlich auf. Meine sonst so coole Schwester klang auf einmal ganz verzweifelt.

„Ich weiß es doch auch nicht. Ich habe nicht den blassesten Schimmer, Cara.“ Ich starrte angestrengt zu den Rotkehlchen hinüber, weil ich Cara nicht ins Gesicht sehen konnte. Ich hatte mich die ganze Zeit zusammengerissen, hatte versucht, so ruhig wie möglich zu bleiben und mich nicht von meinen Gefühlen überwältigen zu lassen. Aber jetzt spürte ich, dass ich kurz davor war loszuheulen.

„Lass uns noch mal über alles nachdenken“, sagte Cara, jetzt wieder gefasst, und streckte die Beine aus. „Wir müssen alles zusammentragen, was wir wissen.“

„Und wozu soll das gut sein?“, fragte ich düster.

„Vielleicht fällt uns dabei ja irgendetwas auf. Vielleicht können wir so herausfinden, was passiert ist."

„Natürlich! Tolle Idee!", schnaubte ich wütend. Was gab es denn da groß herauszufinden? Die Sache war doch sonnenklar: Unsere Eltern hatten uns angelogen und waren dann verschwunden.

Nein. Das war unmöglich! Ich durfte solche Gedanken gar nicht erst zulassen. „Okay", sagte ich widerstrebend. „Dann lass uns mal das Puzzle zusammensetzen."

„Welchen Tag haben wir heute?", fragte Cara als Erstes.

„Oh, du bist ja wirklich nicht besonders gut drauf", murmelte ich und bemühte mich, den ironischen Ton in meiner Stimme zu unterdrücken. „Heute ist Mittwoch."

„Gut. Dann war gestern Dienstag. Mom und Dad sind morgens zur Arbeit gefahren."

„Da wär ich mir an deiner Stelle nicht so sicher. Immerhin stand ihr Wagen in der Garage", erinnerte ich Cara. „Außerdem wissen wir nicht, wo sie arbeiten – oder ob sie überhaupt arbeiten", fügte ich hinzu. Wütend sprang ich auf und begann, im Kreis herumzulaufen.

„Ist ja gut! Beruhige dich erst mal wieder!" Cara machte mir ein Zeichen, mich wieder hinzusetzen, aber danach war mir im Moment überhaupt nicht.

„Wir müssen uns auf das konzentrieren, was wir wissen", sagte Cara. Sie lehnte sich zurück und stützte sich mit beiden Händen auf dem Boden ab. „Auf jeden Fall sind Mom und Dad letzte Nacht nicht nach Hause gekommen."

„Ach nee!"

„Jetzt sei doch nicht so sarkastisch! Es bringt uns auch nicht weiter, wenn du hier den Genervten spielst und wie angestochen im Kreis herumrennst."

Sie hatte Recht. Und ich entschuldigte mich bei meiner Schwester.

„Dann haben wir den weißen Affenkopf in ihrem Bett gefunden", fuhr Cara fort. „Glaubst du nicht auch, das könnte eine heiße Spur sein?"

„Ich denke schon. Nicht zu vergessen Roger, der in Moms und Dads Zimmer herumgeschnüffelt hat."

„Genau! Er stand am Fenster, als wir ihn entdeckten. Ich würde zu gerne wissen, was er da gemacht hat!", rief Cara.

Wir beide dachten eine Weile darüber nach.

„Ich hab's!", rief ich triumphierend. „Bestimmt hat er dem Mann im Lieferwagen irgendwelche Signale gegeben!"

Cara nickte. „Klingt logisch. Damit könntest du richtig liegen. Und was wissen wir über den Lieferwagen?"

„Nichts", seufzte ich kleinlaut.

„Nur, dass er den größten Teil der Nacht vor unserem Haus gestanden hat und dass du Roger dabei beobachtet hast, wie er aus dem Haus geschlichen und in den Wagen geklettert ist", verbesserte Cara mich.

„Der Typ im Lieferwagen – der mit den platinblonden Haaren –, er hat doch behauptet, dass er Roger nicht kennt", wandte ich ein.

„Der lügt wie gedruckt!", schnaubte Cara. „Und vergiss nicht, dass wir eine geladene Pistole in Rogers Zimmer gefunden haben. Ich finde, dass ist eine ziemlich heiße Spur."

„Spuren haben wir genug. Aber das hilft uns auch nicht weiter!", sagte ich ungeduldig.

„Hörst du heute auch mal wieder auf, herumzujammern?", fragte Cara schnippisch.

„Ich jammere überhaupt nicht! Kümmere dich gefälligst um deinen eigenen Kram!"

„Auf jeden Fall müssen wir zuerst mit Roger sprechen, bevor wir die Polizei verständigen", sagte Cara ungerührt. „Schließlich ist er trotz allem unser Cousin. Es könnte ja sein, dass er in ernsthaften Schwierigkeiten steckt."

„Okay", lenkte ich ein. „Erst reden wir mit Roger, und dann rufen wir die Polizei an."

Wir drehten uns gleichzeitig in Richtung Schule um und sahen, dass einige Leute das Gebäude verließen. „Es ist wohl gerade Pause", sagte ich. „Dann können wir jetzt reingehen und Roger vom öffentlichen Fernsprecher aus anrufen."

Wir hatten gerade die Tür erreicht, als Cory Brooks und sein Kumpel David Metcalfe herauskamen.

„Hallo, ihr beiden Süßen! Habt ihr heute verschlafen?“, fragte Cory und grinste über das ganze Gesicht.

„War wirklich 'ne Superparty“, sagte Metcalfe. „Wie wär's, wenn wir heute gleich weitermachen?“

„Ich glaube, die haben von gestern noch genug“, gluckste Cory. „Sieh sie dir doch mal an! Die beiden sind ganz schön blass um die Nase.“

Er und Metcalfe schlugen sich grölend auf die Schultern. „Wir sehn uns dann später!“, rief Metcalfe und zog Cory in Richtung Schülerparkplatz.

„Echt witzig, die Typen“, murmelte ich genervt.

Wir gingen durch die überfüllten, lauten Gänge zu der kleinen Telefonzelle neben dem Büro des Direktors. Leider war sie gerade besetzt, weil ein Mädchen telefonierte.

„Vielleicht sind Mom und Dad ja inzwischen zu Hause“, überlegte Cara. „Vielleicht geht Mom ans Telefon.“

„Vielleicht können Fische sprechen“, knurrte ich. Cara versetzte mir einen harten Schubs. Ich stolperte und knallte mit der Schulter gegen die Telefonzelle. Das Mädchen in der Zelle warf mir einen wütenden Blick zu.

Es dauerte noch ein paar Minuten, bis sie endlich aufgelegt hatte und ich hineinkonnte. Ich warf eine Münze ein und wählte unsere Nummer. Das Telefon klingelte einmal, zweimal. „Es klingelt“, informierte ich Cara.

„Was?“ Im Flur war es so laut, dass sie mich nicht verstehen konnte.

Ich wusste noch immer nicht, ob unser Telefon inzwischen repariert worden war. Manche Apparate tuten nämlich auch dann, wenn sie gar nicht funktionieren. Ich ließ es insgesamt achtmal klingeln. Gerade als ich den Hörer frustriert wieder auflegen wollte, wurde am anderen Ende abgenommen.

„Hallo?“

Ich erkannte die Stimme sofort. „Roger?“

„Ja. Mark, wo bist du?“

„In der Schule. Ist das Telefon schon repariert worden?"

„Ich denke schon. Sonst könnten wir jetzt ja wohl kaum miteinander sprechen."

„Ha, ha. Guter Witz! Hör zu, Roger. Sind meine Eltern zu Hause?"

Seine Stimme wurde leiser. „Nein. Noch nicht."

„Und auch keine Nachricht von ihnen?"

„Nein."

„Roger, wir müssen uns unbedingt unterhalten. Ich wollte dich fragen …"

„Tut mir Leid, ich hab jetzt keine Zeit, Mark. Ich war gerade auf dem Weg zur Tür, als du anriefst. Wir reden später, okay?"

„Na gut, aber …"

„Ist bei dir und Cara alles in Ordnung?"

„Ja, klar. Uns geht's prima, aber …"

„Gut. Wir unterhalten uns dann nachher. Ich muss jetzt los!" Und damit legte er auf.

„Tja, wenigstens funktioniert das Telefon wieder", sagte ich zu Cara.

„Lass uns erst mal was zu Mittag essen", seufzte sie. „Ich sterbe vor Hunger."

Als wir in die Cafeteria kamen, setzte sich Cara ab, um zusammen mit Lisa und Shannon zu essen. Ich sah mich nach Gena um, konnte sie aber nirgends entdecken. Sie wartete auch nicht an unserem üblichen Treffpunkt gegenüber der Turnhalle auf mich. Als sie dann in der fünften Stunde auch nicht zum Staatsbürgerkunde-Unterricht erschien, war ich sicher, dass sie zu Hause sein musste.

Hoffentlich war sie nicht krank. Ich spürte plötzlich ein heftiges Bedürfnis, ihre Stimme zu hören.

Für den Rest des Nachmittags ging Gena mir nicht mehr aus dem Kopf. Wahrscheinlich wollte ich einfach nur nicht an Mom und Dad denken. Deswegen rief ich mir den gestrigen Abend noch mal in allen Einzelheiten ins Gedächtnis – wie Gena und ich auf der Couch gesessen hatten, wie sie sich anfühlte, wie sie roch. Ich fragte mich ernsthaft, ob ich mich in sie verliebt hatte. Irgendwie war Gena etwas ganz Besonderes. Natürlich hatte es vor ihr auch schon andere Mädchen gegeben, aber so etwas wie mit ihr hatte ich noch nie erlebt.

Sobald ich nach Hause kam, rief ich bei ihr an. Naja – jedenfalls gleich, nachdem ich nachgesehen hatte, ob Mom und Dad zurück waren. Waren sie natürlich nicht. Roger war immer noch ausgeflogen.

Ich fühlte mich richtig mies und beschloss, nach dem Gespräch mit Gena erst mal in den Garten zu gehen und einen ganzen Köcher voll Pfeile zu verschießen.

Das Telefon klingelte ewig, bis Gena schließlich den Hörer abnahm. Allein an der Art, wie sie „Hallo!" sagte, konnte ich erkennen, dass etwas nicht stimmte. Ihre Stimme zitterte leicht, so, als ob sie geweint hätte.

„Hallo Gena, ich bin's! Wo warst du denn heute? Ist mit dir alles in Ordnung?"

Und dann fing sie an, gleichzeitig zu reden und zu weinen. Sie klang ganz merkwürdig – aufgeregt, aber auch ängstlich. Zu Anfang hatte ich Mühe, sie überhaupt zu verstehen. Aber wenn ich ehrlich bin, *wollte* ich auch gar nicht hören, was sie sagte.

„Das glaube ich einfach nicht!", brüllte ich in den Hörer. Mein Herz hämmerte wie verrückt, und ich spürte plötzlich einen pochenden Schmerz in den Schläfen. „Jetzt hör mal zu, Gena .... das kannst du mit mir nicht machen ... das ist doch wohl nicht dein Ernst! Aber warum? Ich meine ... ich versteh dich wirklich nicht! *Warum tust du das?*"

Kapitel 11

Ich kam gegen fünf Uhr nach Hause. Das Haus war dunkel, und es schien niemand da zu sein.

Was für ein furchtbarer Tag! Ich glaube, es war der schlimmste Tag meines ganzen Lebens, und es munterte mich nicht gerade auf, ein dunkles, leeres Haus vorzufinden.

Wo war eigentlich Mark?

Ich ließ meine Schultasche auf den Küchentresen fallen und schaute, ob auf dem Kühlschrank eine Nachricht für mich lag. Fehlanzeige. Völlig erledigt schlurfte ich ins Wohnzimmer.

„Hey!“, entfuhr es mir.

Jemand saß im Dunkeln auf der Couch.

„Ich bin's doch nur“, ertönte zu meiner großen Erleichterung Marks Stimme. Aber mir fiel auf, dass er sich nicht bewegte und nicht einmal aufsah, als er mit mir sprach.

„Du hast mich zu Tode erschreckt!“, japste ich. Mein Herz hämmerte wild. „Warum sitzt du im Dunkeln?“

Keine Antwort.

„Was ist los? Was zum Teufel tust du hier?“

Immer noch keine Antwort.

Mein erster Gedanke war, dass es schlechte Nachrichten von unseren Eltern gab.

Ich drückte auf den Lichtschalter, und die Lampe beim vorderen Wohnzimmerfenster ging an. Mark drehte sich weg, sodass ich sein Gesicht nicht sehen konnte.

„Sag mir sofort, was passiert ist!“, schrie ich. „Was ist mit Mom und Dad? Sind sie …“

„Nein“, sagte er mit dumpfer Stimme, ohne sich umzudrehen.

„Hast du irgendeine schlechte Nachricht bekommen?“

„Nein.“

Vor lauter Erleichterung wurde mir ganz schwindelig. Mit weichen Knien ging ich zur Couch hinüber und baute mich vor meinem Bruder auf.

„Lass mich in Ruhe!“, knurrte er und starrte auf den Boden. „Wie wär’s, wenn du ’ne Runde spazieren gehst?“

„Mark, sag mir jetzt endlich, was los ist!“, drängte ich.

Er atmete tief ein und stieß den Atem mit einem lauten Seufzer wieder aus. Dann hob er langsam den Kopf und sah mich an. Im ersten Augenblick dachte ich, dass er geweint hatte, aber ich war mir nicht ganz sicher. Seit er acht oder neun Jahre alt war, hatte ich ihn nie wieder weinen sehen. Doch sein Gesicht war verquollen, und seine Augen rot gerändert.

„Ist alles in Ordnung?“, fragte ich vorsichtig und setzte mich auf das andere Ende der Couch.

„Geh spazieren“, murmelte er.

„Na los, erzähl schon!“

Er schüttelte resigniert den Kopf. „Okay, aber nur, wenn du mich dann in Ruhe lässt. Gena hat mit mir Schluss gemacht.“

Ich dachte im ersten Moment, ich hätte mich verhört. „Sie hat *was?*“

„Sie hat mit mir Schluss gemacht. Verstehst du kein Deutsch? Sie will mich nicht mehr wieder sehen.“

Mir fiel die Szene von gestern Abend wieder ein – Mark, der mit Gena auf dem Schoß auf dieser Couch saß und mit ihr herumknutschte.

Ich starrte Mark ungläubig an. „Sieh mich nicht so an“, sagte er leise und drehte erneut den Kopf weg.

„Das tut mir sehr Leid“, murmelte ich und meinte das ganz ehrlich. „Ich weiß gar nicht, was ich sagen soll.“

„Dann halt doch am besten die Klappe!“ Immer wenn Mark sich über etwas aufregte, ließ er seine Wut an dem Nächstbesten aus. Ich entschied, dass er mich ruhig anbrüllen durfte, wenn es ihm danach ein bisschen besser ging.

„Wann hat sie es dir denn gesagt?“

„Ich habe sie gleich angerufen, als ich nach Hause gekommen bin. Gena war heute nämlich nicht in der Schule.“

„Und da hat sie gesagt …“

„Sie klang ganz merkwürdig. Irgendwie verängstigt. Ich weiß auch nicht genau – jedenfalls gar nicht so wie sonst.“

„Hat sie denn gesagt, dass sie mit dir Schluss machen will?"

„Nein, nicht so direkt. Sie meinte, sie könnte mich nicht mehr treffen."

„Könnte nicht oder wollte nicht?", hakte ich nach.

Mark stöhnte. „Du kannst wirklich nerven!"

„Aber das ist ein wichtiger Unterschied", beharrte ich. „Hat sie dir wenigstens einen Grund genannt?"

„Nein. Sie meinte nur, ich solle sie nicht mehr anrufen oder in der Schule mit ihr sprechen."

„Klingt ziemlich komisch. Und was hast du darauf gesagt?"

„Ich bin zu ihr nach Hause gegangen."

„Was? Nach dem Telefongespräch?"

„Ja, direkt danach."

„Und was ist dann passiert?"

Mark schoss vom Sofa hoch und ging zum Fenster hinüber. Er blieb mit dem Rücken zu mir stehen und starrte in die immer dichter werdende Dunkelheit. „Ich habe gar nicht mit ihr gesprochen. Ihr Vater ist an die Tür gekommen."

„Und?"

„Er war sehr nett. Er sagte, dass Gena sich sehr aufgeregt hätte und deswegen heute auch nicht in der Schule gewesen sei. Als ich sagte, dass ich gerne mit ihr sprechen würde, meinte er, dass sie sich weigern würde, mit mir zu reden."

„Und dann?"

Mark fuhr herum und starrte mich wütend an. „Was glaubst du denn? Ich habe mich umgedreht und bin nach Hause gegangen. Und dann bist du gekommen und hast angefangen, mich über Gena auszuquetschen."

„Hab ich gar nicht! Ich wollte doch nur wissen, warum du wie ein Ölgötze im stockdunklen Wohnzimmer sitzt."

„Okay, dann weißt du's jetzt", sagte er bitter.

Ich hätte nun wohl besser das Thema wechseln sollen, aber im richtigen Augenblick den Mund zu halten, gehört nicht gerade zu meinen Stärken. „Irgendwie macht das alles keinen Sinn. Gena schien dich wirklich zu mögen. Ich meine, gestern Abend ..."

„Kein Wort über die Party!“, fauchte er mich an.

„Tschuldigung. Ich meinte ja auch bloß, dass ihr beide doch gar nicht gestritten habt oder so was in der Art.“

„Nein. Es war alles in Ordnung zwischen uns“, seufzte Mark. „Ich kenne Gena erst seit drei Wochen. Wir hatten gar keine Zeit, uns zu streiten.“

„Aber warum hat sie dann verdammt noch mal …“

„Ich weiß es nicht. Es ist mir ein absolutes Rätsel.“

„Aber ihr beide …“

„Mir reicht's! Ich will nicht mehr darüber reden!“, unterbrach er mich.

„Mark, ich denke, wir sollten jetzt die Polizei verständigen“, sagte ich leise.

Er schaute mich wortlos an. Draußen war es inzwischen stockfinster. Ich hatte mich immer noch nicht daran gewöhnt, dass es im November so früh dunkel wurde. Die kleine Lampe am Fenster reichte nicht aus, um den ganzen Raum zu erhellen. Das schwache Licht, das sie auf die alten Möbel warf, ließ das Zimmer noch düsterer wirken. Mir lief plötzlich ein kalter Schauer über den Rücken.

„Ja, du hast Recht. Bitte entschuldige, dass ich dich so angeblafft habe, Cara. Aber weißt du, ich habe das Gefühl, als … als ob mein ganzes Leben zusammenbricht.“

„Ich weiß“, sagte ich sanft.

Wir gingen in die Küche, um die Polizei anzurufen. Ich drückte auf jeden Lichtschalter, an dem wir vorbeikamen. Dieses Haus war nach Einbruch der Dunkelheit einfach zu unheimlich.

„Soll ich die 110 wählen?“, fragte Mark.

„Ja. Was bleibt uns sonst übrig? Oder nein – warte mal!“ In diesem Moment fiel mir der Polizist wieder ein, der letzte Nacht vor unserer Tür gestanden und mir seine Karte gegeben hatte. Aber wo hatte ich sie bloß hingelegt? Dann fiel es mir wieder ein. Ich griff in die Tasche meiner Jeans und zog das zerknitterte Kärtchen heraus.

„Was ist denn das?“, fragte Mark misstrauisch.

„Die habe ich von dem Polizisten, der gestern Nacht hier war – Captain Farraday. Auf der Karte steht seine Durchwahl."

„Vielleicht solltest *du* besser mit ihm sprechen", meinte Mark und trat ein paar Schritte vom Telefon zurück. Ich fragte mich, ob ich wohl genauso aufgeregt und besorgt aussah wie er.

„Bist du okay?", fragte ich ihn. Seine breite Stirn war mit kleinen Schweißperlen bedeckt.

„Nein", sagte er seufzend. „Warum sollte ich?"

Ich hielt die kleine Karte in der einen Hand und tippte mit der anderen die Nummer ein. Er nahm gleich nach dem ersten Klingeln ab. „Polizei. Farraday am Apparat."

„Oh. Captain Farraday. Guten Abend!"

„Ja. Wer spricht denn da?", fragte er barsch.

„Hier ist Cara Burroughs. Erinnern Sie sich noch an mich?"

„Sicher. Natürlich erinnere ich mich an dich, Cara. Die Party ist doch inzwischen hoffentlich vorbei, oder?"

„Ja. Ich … äh … ich rufe wegen meiner Eltern an."

Seine Stimme wurde plötzlich ernst. „Was ist denn mit ihnen?"

„Tja, also …" Ich fühlte mich auf einmal wieder wie in einem bösen Traum. Es konnte doch gar nicht sein, dass ich gerade die Polizei anrief, um Mom und Dad als vermisst zu melden, oder? Solche Dinge passierten vielleicht im Kino, aber doch nicht im realen Leben.

„Meine Eltern sind gestern nicht nach Hause gekommen, und wir haben bis jetzt noch nichts von ihnen gehört."

Am anderen Ende der Leitung entstand eine längere Pause. „Das ist seltsam", sagte Captain Farraday schließlich. „Und sie haben nicht angerufen oder euch irgendeine Nachricht zukommen lassen?"

„Nein. Das Telefon war zwar eine Weile kaputt, aber sie hätten ja auch bei unseren Nachbarn anrufen können."

„Ich werde mir das notieren, Cara", sagte Captain Farraday. „Ich glaube zwar nicht, dass ihr euch Sorgen machen müsst, aber ich werde mich auf jeden Fall um die Sache kümmern.

Ach, übrigens – ist das schon mal vorgekommen? Ich meine, dass eure Eltern nicht nach Hause gekommen sind?"

„Schon öfter. Meistens, wenn sie gerade wieder mit einem neuen Job angefangen hatten. Aber bis jetzt haben sie immer angerufen und uns Bescheid gegeben."

„Aha." Wieder entstand eine kleine Pause, während er die Information aufschrieb. „Habt ihr schon in ihrem Büro angerufen?"

„Ja, aber das ist auch so ein Problem." Ich erzählte ihm in aller Kürze von unserem Besuch bei Cranford Industries und von dem, was Mr Marcus uns gesagt hatte.

„Das ist ja wirklich eine rätselhafte Geschichte", sagte Captain Farraday. Er machte sich wohl immer noch Notizen. „Aber ich bin sicher, wir werden das Ganze innerhalb kürzester Zeit aufgeklärt haben." Seine Stimme klang beruhigend. Ich wünschte, ich hätte ihn schon früher angerufen.

„Lass mich mal eben etwas nachsehen", murmelte Farraday. Ich hörte das Rascheln von Papieren am anderen Ende. „Es liegen keine Unfallmeldungen vor." Erneutes Rascheln. „Und auch keine Gewaltverbrechen in dieser Gegend. Rechnet also nicht gleich mit dem Schlimmsten. Euren Eltern ist auf jeden Fall nichts Ernsthaftes zugestoßen."

„Da bin ich aber froh", sagte ich und stieß einen Seufzer der Erleichterung aus.

Mark rüttelte mich an der Schulter. „Weiß er, wo sie sind?"

Ich schob seine Hand weg und schüttelte den Kopf. „Sie hatten keinen Unfall oder so", flüsterte ich ihm zu.

„Ich kann mir gut vorstellen, was ihr durchmacht", sagte Farraday und raschelte im Hintergrund immer noch mit seinen Papieren. „Bestimmt malt ihr euch die furchtbarsten Dinge aus, die ihnen passiert sein könnten, nicht wahr?"

„Ja, so ist es", bestätigte ich. „Glauben Sie, wir sollten …"

„Wisst ihr was", unterbrach er mich. Ich hörte, wie plötzlich im Hintergrund eine Meldung über Polizeifunk durchkam. „Ich werde einige meiner Männer auf diesen Fall ansetzen. Vielleicht schicke ich mal jemanden nach Cranford, um sicherzugehen, dass es dort keine Missverständnisse gegeben hat.“

„Oh, vielen Dank!“, sagte ich.

„Shadyside ist ein ziemlich kleiner Ort“, sagte Farraday. „Ich denke, wir werden eure Eltern sehr bald gefunden haben.“

„Rufen Sie mich an, wenn Sie etwas herausgefunden haben?“, fragte ich.

„Natürlich. Ich melde mich persönlich oder schicke einen Streifenpolizisten vorbei.“

„Nochmals vielen Dank, Captain. Ich fühle mich jetzt schon viel besser.“

„Keine Ursache. Aber macht euch nicht verrückt, hört ihr? Wenn wir eure Eltern gefunden haben, werde ich sie mir mal vorknöpfen und ihnen sagen, was ich davon halte, dass sie solche netten Kinder wie euch vernachlässigen.“

„Captain, ich …“

„Aber das Wichtigste ist, dass ihr aufhört, euch Sorgen zu machen. Wenn wirklich etwas Schlimmes passiert wäre, hätte ich den Bericht schon längst auf meinem Schreibtisch.“

„Okay, versprochen!“, sagte ich. „Bis bald!“

Ich wollte gerade den Hörer auflegen, als ich ein lautes Klicken hörte. Ich erkannte das Geräusch sofort.

Roger war oben, und er hatte am Nebenanschluss im Obergeschoss mitgehört.

Ein Frösteln durchlief meinen Körper. Warum war er nicht einfach zu uns heruntergekommen, wenn er wissen wollte, was los war?

Warum spionierte er uns hinterher?

Kapitel 12

„Roger hat uns belauscht“, sagte Cara, als sie den Hörer auflegte.

„Was?“

„Er hat am Nebenanschluss mitgehört.“

„Bist du ganz sicher?“

Sie gab mir keine Antwort und rannte stattdessen zum Fuß der Treppe. „Hey, Roger! Roger, bist du da oben?“

Ich folgte ihr und hörte im gleichen Moment Rogers Schritte auf der Dachbodentreppe. „Ja, was gibt's?“, ertönte es.

„Warum spionierst du uns hinterher?“ rief Cara wütend.

Immer musste sie mit der Tür ins Haus fallen.

Roger erschien auf dem Treppenabsatz des ersten Stocks. Er sah müde aus, und sein Sweatshirt war zerknittert und mit dunklen Flecken übersät.

„Hallo, Cara. Was sagst du da? Ich bin gerade erst nach Hause gekommen und war die ganze Zeit oben.“

„Das weiß ich“, zischte Cara und starrte ihn feindselig an. „Du warst oben und hast mein Telefongespräch belauscht!“

Rogers Augen weiteten sich vor Überraschung. Er fuhr sich nervös mit der Hand durch sein Haar. „Was? Nein, das stimmt nicht! Ich bin hochgegangen, um mich umzuziehen. Ich habe mir nämlich etwas über mein Sweatshirt geschüttet und …“

„Ich habe das Klicken gehört, als du aufgelegt hast, Roger.“ So leicht wollte Cara ihn offenbar nicht davonkommen lassen. Ich sah das genauso. Roger hatte sich einfach zu verdächtig verhalten, seitdem Mom und Dad verschwunden waren. Es war Zeit, ihm mal gründlich auf den Zahn zu fühlen.

„Telefone klicken öfter mal“, sagte Roger achselzuckend. Er stand stocksteif auf dem Treppenabsatz und schien nicht zu uns herunterkommen zu wollen. „Ich habe euch nicht belauscht, Cara! So etwas würde ich nie tun!“, beteuerte er.

„Roger, da sind noch einige andere Dinge, die Mark und ich dich fragen wollten …“, begann Cara.

Aber Roger unterbrach sie schon nach wenigen Worten. „Mit wem hast du denn telefoniert, Cara? Mit deinen Eltern?"

„Nein. Das müsstest du doch eigentlich wissen", schnaubte Cara.

„Ich habe wirklich nicht gelauscht!", sagte Roger mit Nachdruck und lehnte sich gegen das Treppengeländer. „Ihr habt keinen Grund, mich zu verdächtigen."

„Haben wir doch", mischte ich mich ein. „Ich habe gesehen, wie du letzte Nacht das Haus verlassen hast."

„Du meinst, nach Mitternacht? Stimmt. Ich konnte nicht schlafen und habe einen Spaziergang gemacht. Aber das habe ich dir doch gestern schon erzählt."

„Aber ich habe auch den Lieferwagen gesehen, Roger. Und dich dabei beobachtet, wie du darin verschwunden bist."

Roger schaute mich erstaunt an.

„Ich? In einem Lieferwagen verschwunden? Und du bist ganz sicher, dass ich das war, Mark?"

„Natürlich! Wer sollte es denn sonst gewesen sein?" So langsam wurde ich richtig wütend.

„Vielleicht warst du ja noch im Halbschlaf. Als ich spazieren ging, ist mir der Lieferwagen auch aufgefallen, aber was sollte ich denn da drin zu suchen haben?"

„Genau das würden wir auch gerne wissen", sagte Cara.

„Außerdem interessiert uns, warum du eine Pistole in deinem Zimmer hast", fügte ich hinzu.

„Was?" Er starrte uns verblüfft an. „Eine Pistole?"

„Ja, in deiner Schreibtischschublade."

Er ließ sich auf die oberste Treppenstufe fallen. „Habt ihr etwa mein Zimmer durchsucht?"

„Na ja. Könnte man so sagen", gab ich zu. „Aber wir ..."

„Ihr schnüffelt also in meinem Zimmer herum und werft *mir* vor, dass ich euch hinterherspioniere?" Er klang plötzlich sehr wütend und gleichzeitig verletzt.

„Roger, wir ...", setzte Cara an.

„Wer hat euch erlaubt, in meinen Sachen herumzuwühlen?"

„Niemand", lenkte ich ein. „Aber du hast dich in letzter Zeit so komisch verhalten, dass wir dachten, wir schauen uns lieber mal um."

„Nicht ich habe mich komisch verhalten, sondern ihr", sagte Roger und schüttelte den Kopf. „Ich kann ja verstehen, dass ihr euch Sorgen um eure Eltern macht. Aber es bringt sie auch nicht zurück, wenn ihr mein Zimmer durchsucht, mir lauter verrückte Sachen vorwerft und euch einbildet, dass ich nachts in wildfremden Lieferwagen herumkrieche."

„Die Pistole haben wir uns aber nicht eingebildet", rief ich. „Wir haben sie beide gesehen."

„Kein Wunder, ich bewahre sie ja auch in meinem Schreibtisch auf", sagte Roger. „Zufällig bedeutet sie mir eine ganze Menge."

„Wie meinst du das?", fragte ich verblüfft.

„Sie gehörte meinem Vater. Er war Polizist und hat sie mir zu meinem achtzehnten Geburtstag geschenkt. Er sagte, ich solle sie immer in meiner Nähe haben. Und dass er hoffe, ich würde sie nie brauchen, aber es sei besser, für alle Fälle eine Waffe zu besitzen. Ein paar Wochen später wurde er bei einer Drogenrazzia erschossen." Roger wandte sich ab. „Diese Pistole ist das Einzige, was mir von meinem Vater geblieben ist."

„Mensch, Roger. Es tut mir wirklich Leid, dass wir dein Zimmer durchsucht haben", murmelte ich verlegen.

„Mir auch", flüsterte Cara.

„Ihr braucht euch nicht zu entschuldigen", sagte Roger und sprang auf die Füße. „Aber ich finde, wir sollten uns ab jetzt vertrauen. Versteht ihr, was ich meine?"

Cara und ich nickten betreten.

„Wir dürfen jetzt nicht verrückt spielen und aufeinander losgehen. Wir müssen ..."

„Ich habe die Polizei angerufen", unterbrach ihn Cara.

„Sehr gut!", sagte Roger. „Das hätten wir schon viel früher tun sollen." Er blickte auf seine Uhr. „Oh, ich bin viel zu spät dran. Ich muss mich beeilen. Wir können ja nachher weiterreden, wenn ich zurück bin. Okay?"

Cara drehte sich wortlos um und ging zurück in die Küche.

„Okay. Bis nachher!“, sagte ich und winkte Roger kurz zu. Dann folgte ich meiner Schwester.

„Er ist ein ziemlich schlechter Lügner“, flüsterte mir Cara zu, nachdem seine Schritte auf der Treppe verklungen waren.

„Woher willst du wissen, dass er gelogen hat?“, fragte ich sie verblüfft. „Eigentlich ist er doch ein ganz netter Kerl.“

„Du würdest wahrscheinlich auch Jack the Ripper für einen netten Kerl halten“, stichelte Cara. „Aber ich kaufe Roger die Geschichte mit der Pistole nicht ab. Denk doch mal nach! Wenn er sie wirklich nur als Erinnerungsstück aufhebt, warum ist die Waffe dann geladen?“

„Cara!“, rief ich empört. Warum war meine Schwester bloß immer so zynisch und traute allen Leuten nur das Schlechteste zu? Ich war sicher, dass Roger die Wahrheit gesagt hatte. Immerhin hatte er ganz traurig ausgesehen, als er uns von seinem Vater erzählte.

„Ich denke, wir sollten uns jetzt erst mal ums Abendessen kümmern. Hoffentlich haben wir überhaupt noch Lebensmittel im Haus“, wechselte Cara das Thema.

Wir begannen, die Küche nach etwas Essbarem zu durchsuchen. Im Brotkasten entdeckte ich einen Laib Weißbrot, der nur ein ganz klein bisschen altbacken war, und Cara fand im Küchenschrank ein Glas Erdnussbutter.

Sie nahm den Deckel ab und warf einen prüfenden Blick hinein. „Das wird wohl gerade für zwei Sandwiches reichen, wenn wir das Zeug dünn aufstreichen.“

„Was für ein Festessen!“, murmelte ich sarkastisch. „Ist denn wenigstens noch ein bisschen Marmelade da?“

Cara öffnete die Kühlschranktür und fand tatsächlich ein Glas Traubengelee. Sie sagte etwas zu mir, aber ich hörte gar nicht richtig hin, weil ich mit meinen Gedanken schon wieder bei Gena war. Ihre Stimme klang in meinem Kopf, und ich hörte wieder und wieder, wie sie zu mir sagte, dass wir uns nicht mehr sehen könnten.

Was war bloß passiert? Warum hatte sie das getan?

„Wetten, du hast gar nicht mitbekommen, dass ich mit dir

gesprochen habe?“, trompetete Cara und riss mich unsanft aus meinen Grübeleien.

„Stimmt“, bestätigte ich zerknirscht.

„Armer Mark“, meinte sie nur. Ich blickte wütend auf, weil ich dachte, dass das mal wieder eine ihrer typischen ironischen Bemerkungen war. Aber dann merkte ich, dass sie mich mitfühlend ansah.

„Ich habe das Gefühl, als ob ich mit einem Schlag alle Menschen verloren hätte, die mir wichtig sind“, sagte ich leise.

„Sag doch nicht so was!“, fuhr Cara mich an. „Du hast niemanden für immer verloren! Hör jetzt mit diesem Quatsch auf und iss dein Sandwich! Wenn du etwas im Magen hast, geht es dir bestimmt gleich besser.“

„Du klingst genau wie Mom“, sagte ich zu ihr.

Wir starrten uns eine Weile feindselig an und griffen dann gleichzeitig nach unseren Sandwiches. Erdnussbutter ist nicht gerade ideal, wenn man aufgeregt und außerdem nicht besonders hungrig ist. Keiner von uns beiden war so recht in der Stimmung, sich mit der klebrigen, zähen Pampe herumzuschlagen, die noch nicht mal besonders schmeckte. Wir saßen in gedrückter Stimmung am Tisch, sprachen nicht miteinander und sahen uns auch nicht an.

Ich hatte erst ein paar Bissen heruntergewürgt, als ich hörte, wie Roger die Treppen heruntergestürmt kam. Kurz darauf fiel die Eingangstür hinter ihm ins Schloss. Cara sprang auf.

„Los, hinterher!“

„Was?“

„Wir folgen ihm! Ich will unbedingt wissen, wohin er geht!“

„Nein“, sagte ich entschieden und versuchte, Cara auf ihren Stuhl zurückzuziehen. „Das ist keine besonders gute Idee.“

„Wenn du nicht mitkommst, gehe ich eben alleine“, zischte sie. Sie wand sich aus meinem Griff und rannte in Richtung Flur.

„Aber es muss doch jemand hier sein, falls die Polizei anruft“, rief ich ihr nach.

„Du meinst wohl eher, falls Gena anruft“, sagte Cara mit

ihrer gewohnten Bissigkeit und zog sich hastig ihre Daunenjacke über.

„Na ja, das natürlich auch“, gab ich zu. „Außerdem verstehe ich wirklich nicht, warum du …“

„Tschüss!“ Und schon war sie aus der Tür.

„Was für eine bescheuerte Idee! Es bringt doch überhaupt nichts, ihm hinterherzulaufen!“, sagte ich laut in den leeren Raum. Wahrscheinlich war Roger nur mit einem Freund zum Lernen verabredet. Ich vermutete, dass er an der Uni ein paar Leute kennen gelernt hatte, auch wenn er nie jemanden erwähnt oder mit nach Hause gebracht hatte. Aber er musste ja schließlich irgendwelche Freunde haben, oder wenigstens ein paar Studienkollegen.

Ich fragte mich, warum Cara so versessen darauf war, Detektiv zu spielen. Doch dann wurde mir klar, dass es für sie wahrscheinlich leichter war, etwas zu *tun*, als in diesem unheimlichen alten Haus herumzusitzen und darauf zu warten, dass sich die Polizei meldete.

Genau in diesem Moment klingelte das Telefon.

„Hallo“, sagte ich und erwartete, die Stimme des Captains zu hören.

„Mark? Ich bin's. Ich …“

Ich brauchte einen Augenblick, bis ich Genas Stimme erkannte. Sie war vor Angst ganz verzerrt.

„Gena, was ist los?“

„Ich kann nicht lange sprechen, aber ich muss dir unbedingt etwas erzählen. Es ist sehr wichtig, dass du … Du musst …“

„Gena? Gena?“

Plötzlich drangen Kampfgeräusche durch den Hörer. Ich war mir sicher, dass ich Gena aufschreien hörte.

Dann klickte es im Telefon.

„Gena? Gena? Bist du noch dran?“, brüllte ich in den Hörer.

Doch ich hörte nur noch das Summen des Freizeichens. Die Verbindung war abgebrochen.

Kapitel 13

Der direkteste Weg zu Genas Haus führte durch den Fear Street Wald. Die Leute aus der Schule hatten mir zwar jede Menge Schauergeschichten über diesen Wald erzählt, aber das war mir im Moment völlig egal. Ich musste so schnell wie möglich zu Gena!

Ich zog meine Daunenjacke über und griff mir eine Taschenlampe vom obersten Bord im Flurschrank. Ich wusste, dass ich ziemlich genau bei Genas Garten herauskommen würde, wenn ich immer geradeaus durch den Wald hinter unserem Haus ging.

Wir hatten ein paar Mal im Spaß darüber gesprochen, dass ich mich nachts aus dem Haus schleichen, durch den Wald laufen und dann am Rosenspalier an der Rückseite ihres Hauses zu ihrem Zimmer hochklettern würde. Genau das hatte ich jetzt vor. Aber es war kein Spiel mehr, sondern tödlicher Ernst.

Gena hatte furchtbar geklungen, so, als ob sie schreckliche Angst hätte. Sie hatte mir irgendetwas sagen wollen, war aber offensichtlich von jemandem daran gehindert worden.

War sie wirklich in Gefahr, oder ging nur mal wieder meine Fantasie mit mir durch? Ich hatte keine Wahl – ich musste es herausfinden!

Ich öffnete die Tür und trat nach draußen. Überrascht bemerkte ich, wie kalt es war. Mein Atem hob sich als graues Wölkchen vom pechschwarzen Himmel ab.

Schnell lief ich zur Rückseite des Hauses. Der Boden knirschte unter meinen Füßen – offensichtlich war der Tau gefroren. Die Nacht war eiskalt. Eine unnatürliche Stille lag über der ganzen Umgebung. Das Geräusch meiner Turnschuhe auf dem gefrorenen Boden war der einzige Laut weit und breit.

Unser Garten fällt kurz hinter dem Haus steil ab und geht nach einer Weile in ebenes Gelände über. Sobald ich den Hügel hinter mir gelassen hatte, begann ich zu laufen, bis ich den Waldrand erreichte. Ich wusste, dass ich immer geradeaus gehen musste – dann würde ich nach einer Weile die Lichter der Siedlung auf der anderen Seite des Waldes sehen. Von dort aus war es nicht mehr weit bis zu Genas Haus.

Das Problem an der Sache war nur, dass es gar nicht so einfach war, die Richtung zu halten. Es führte nämlich nicht mal ein Trampelpfad durch den Wald. Außerdem versperrten Baumgruppen und dichtes Gebüsch aus Unkraut und dornigen Ranken den Weg, sodass man immer wieder ausweichen musste.

Es schien merklich kälter zu werden, als ich in den Wald kam. Es war so stockdunkel, dass ich langsamer gehen musste. Das abgefallene Laub, das den Boden bedeckte, reichte mir bis über die Knöchel und fühlte sich feucht und glitschig an. Immer wieder stolperte ich über Steine und Baumwurzeln, die sich unter den Blättern verbargen.

Das Licht der Taschenlampe flackerte und wurde immer schwächer. Ich schüttelte die Lampe hin und her, aber das half auch nicht viel. Sie verbreitete nur noch einen schwachen gelben Schein, sodass ich kaum weiter als zwei Meter sehen konnte.

Etwas huschte dicht an meinen Füßen vorbei. Mein Herzschlag setzte für einen Moment aus. Ich sah, wie sich die Blätter bewegten, als wollten sie mir den Weg freimachen.

„Puh!“ Ich blieb abrupt stehen und atmete tief durch.

„Reiß dich zusammen!“, schimpfte ich mit mir selbst. „Du hättest dir ja wohl denken können, dass es im Wald Tiere gibt. Also tu jetzt nicht so, als wäre es die Überraschung des Jahrhunderts!“ Ich wartete einen Augenblick, bis sich mein Herzschlag wieder etwas beruhigt hatte. Dann schob ich einige große Zweige beiseite und ging weiter.

Plötzlich fiel mir eine Geschichte ein, die mir ein Junge namens Arnie Tobin in der Schule erzählt hatte. Sie handelte von fünf Teenagern, die über Nacht im Fear-Street-Wald zelten wollten – so als eine Art Mutprobe. Keiner glaubte, dass sie es schaffen würden, die ganze Nacht im Wald zu verbringen, aber sie waren sich ihrer Sache so sicher, dass sie sogar Wetten darauf abschlossen.

An diesem Abend bauten sie also ihre beiden Zelte auf, machten ein Lagerfeuer und fingen an, das Abendessen zuzubereiten. Das Nächste, was man von ihnen hörte, war, dass sie wie von Furien gehetzt aus dem Wald stürmten und in Panik an die Tür des nächstgelegenen Hauses klopften. Sie waren so außer sich, dass es eine Weile dauerte, bis sie erzählen konnten, was passiert war.

Die Teenager behaupteten, dass eine Art Monster ihr Lager angegriffen hätte, aber keiner aus der Gruppe konnte dieses unheimliche Wesen genau beschreiben. Sie sagten, es hätte so ähnlich wie ein Meerschweinchen oder eine weiße Ratte ausgesehen – allerdings hundertmal größer! Nach ihren Beschreibungen musste das Monster größer als ein ausgewachsenes Pferd gewesen sein!

Arnie hatte mir erzählt, dass zuerst niemand den völlig verängstigten Jugendlichen glaubte. Nicht einmal die Polizisten, die sie abholten, um sie nach Hause zu bringen.

Am nächsten Tag kehrten die fünf mit ihren Eltern zu der Stelle zurück, an der sie gecampt hatten, um ihre Ausrüstung zu holen. Und *von da an* nahm man ihre Geschichte ernst! Denn als sie beim Lager ankamen, entdeckten sie, dass eins der Zelte in kleine Stücke zerfetzt war. Außerdem waren fast die gesamten Vorräte gefressen worden – sogar die ungeöffneten Dosen mit Bohnen. Es sah aus, als ob das unheimliche Wesen – was auch immer es gewesen sein mochte – mit seinen messerscharfen Zähnen das Metall der Dosen durchgenagt hatte!

Was für eine Geschichte! Ich wünschte, sie wäre mir nicht ausgerechnet jetzt eingefallen. Jedes Rascheln im Laub, jedes Knacken eines Zweigs ließ mich erschrocken herumfahren. Ich erwartete, jeden Moment eine gigantische weiße Ratte zu sehen, die sich schwerfällig auf mich zubewegte. Die riesigen Zähne gebleckt und bereit, mich wie eine der Blechdosen in kleine Stücke zu zerlegen.

Ich blieb stehen und lauschte angestrengt. Absolute Stille um mich herum.

Ich hob die Taschenlampe und schüttelte sie heftig hin und her. Für einen kurzen Augenblick flackerte sie noch einmal auf, und ich leuchtete in ein dichtes Gebüsch aus niedrigen Sträuchern, das vor mir lag. Aber dort bewegte sich nichts.

Diese vollkommene Stille machte mich total nervös. Ich wäre froh gewesen, wenn ich wenigstens das Heulen eines Hundes oder den Ruf einer Eule gehört hätte. Irgendetwas. Mit einem Mal hatte ich das unwirkliche Gefühl, mich auf dem Mond oder auf einem fernen, unbewohnten Planeten zu befinden.

Und dann merkte ich, dass ich völlig die Orientierung verloren hatte.

Wo lag Genas Haus? Ging ich überhaupt noch in die richtige Richtung? Und woher war ich eigentlich gekommen?

Ich machte die Taschenlampe aus. Sie würde mir jetzt auch nicht mehr weiterhelfen. Es war bestimmt besser, wenn ich die Batterien schonte. Wer weiß, was noch alles passieren würde. Ich wartete, bis sich meine Augen an die Dunkelheit gewöhnt hatten. Dann drehte ich mich langsam einmal um mich selbst. Ich schaute angestrengt in alle Richtungen, in der Hoffnung, dass ich irgendwo ein Licht entdecken würde.

Aber um mich herum war nur tiefe, undurchdringliche Dunkelheit.

„Ich bin verloren!“, dachte ich in Panik.

Kapitel 14

Roger ging mit langen Schritten in Richtung Stadt und blickte sich nicht ein einziges Mal um. Ich musste mich ganz schön beeilen, um ihn nicht aus den Augen zu verlieren. Es war eine unheimlich Nacht. Wie üblich brannte die Straßenbeleuchtung in der Fear Street nicht. Das Mondlicht warf fahle Schatten.

Feuchtkalte Nebelfetzen wehten mir ins Gesicht, als ich leise hinter Roger herschlich und mich dabei im Schatten der Hecken und Büsche hielt, die die Straße säumten. Ich wünschte, er würde wenigstens ein bisschen langsamer gehen. Die Tatsache, dass er es so eilig zu haben schien, machte mich allerdings noch misstrauischer.

Er bog nach links in die Mill Road ein und beschleunigte seinen Schritt. Ein Auto fuhr vorbei und blendete mich mit seinen hellen Scheinwerfern. Für einige Sekunden konnte ich kaum etwas erkennen. Ich duckte mich hinter ein niedriges Gebüsch und wartete, bis der Wagen verschwunden war.

Als ich wieder auf den Bürgersteig trat, war Roger schon ein ganzes Stück entfernt. Ich begann zu rennen, weil ich Angst hatte, ihn in der Dunkelheit zu verlieren. Meine Turnschuhe bewegten sich fast lautlos über den harten, feuchten Boden.

Die einzigen Geräusche waren das leichte Rauschen des Nordwinds und das gelegentliche tiefe Dröhnen eines vorbeifahrenden Autos.

Roger bog jetzt in den Hawthorne Drive ein und blickte suchend von einer Straßenseite zur anderen. Ich duckte mich und krabbelte hinter einen großen Briefkasten, in der Hoffnung, dass Roger mich nicht gesehen hatte. Als ich kurz darauf meinen Blick die Straße entlangwandern ließ, sah ich nur dunkle Bäume. Roger war verschwunden!

Schnell richtete ich mich auf und schlich weiter. In dieser Straße gab es ein kleines Café – das Alma's. Hier saßen zu jeder Tages- und Nachtzeit Studenten herum, die über ihren

Büchern schwitzten und dabei Unmengen von Kaffee tranken. Ich fragte mich, ob er vielleicht dorthin wollte.

Als ich näher kam, entdeckte ich plötzlich wieder seine große, schnell dahineilende Gestalt. Ja, er ging genau auf das Alma's zu. Aber was wollte er dort? Lernen bestimmt nicht, denn er hatte ja nicht mal eine Tasche dabei.

Wahrscheinlich war er mit einem Freund verabredet. Und ich lief hier draußen in dieser kalten, ungemütlichen Nacht herum und verschwendete meine Zeit.

Nachdem Roger in das Café gegangen war, wartete ich sicherheitshalber noch einige Minuten ab. Dann schlich ich zu dem großen Fenster am Eingang und warf einen Blick in den Raum. Im Moment war nicht besonders viel los, nur wenige Nischen waren besetzt. Dort saßen wie üblich Studenten und ein paar einsame alte Leute, die vorsichtig dampfend heiße Kaffeebecher in ihren zittrigen Händen balancierten.

Roger konnte ich nirgends entdecken. Er musste wohl weiter hinten im Café oder in einer der seitlichen Nischen in der Nähe des Tresens sitzen. Ich überlegte, ob ich hineingehen sollte.

„Was soll's?", dachte ich mir. „Jetzt bist du schon so weit gekommen, da kannst du dich auch genauso gut reinwagen und sehen, was Roger vorhat."

Ich zog mir die Kapuze meiner Jacke über den Kopf, um mein Gesicht zu verbergen, und betrat das Café. Drinnen war es sehr warm, und es roch nach gebratenem Speck. Ich duckte mich hinter die Trennwand der ersten Nische und spähte dann vorsichtig um die Ecke, um unauffällig nach Roger Ausschau zu halten.

Ich entdeckte ihn in der letzten Nische, im hinteren Teil des Cafés. Er redete eifrig auf jemanden ein und gestikulierte dabei wild mit den Händen. Ich musste etwas näher herangehen, um sehen zu können, mit wem er sprach.

Es war der Typ mit dem weißblonden Haar – der Mann aus dem Lieferwagen! Die beiden unterhielten sich aufgeregt und wirkten sehr angespannt. Von Zeit zu Zeit haute der andere

Mann mit der flachen Hand auf den Tisch, als wollte er seinen Worten Nachdruck verleihen.

„Roger ist also doch ein Lügner!“, dachte ich triumphierend. Mein kleiner Ausflug war also nicht die pure Zeitverschwendung gewesen! Roger hatte uns belogen, was den Lieferwagen betraf, und die Geschichte mit der Pistole war bestimmt auch erfunden. Zwischen Roger und diesem weißhaarigen Typen gab es eine Verbindung, obwohl unser Mitbewohner es abgestritten hatte.

Und worin auch immer diese Verbindung bestand, ich war mir hundertprozentig sicher, dass es etwas mit dem Verschwinden von Mom und Dad zu tun hatte.

Ich lehnte mich gegen die Rückwand der Nische und beobachtete, wie Roger zwei Blatt Papier aus seiner Jackentasche zog und begann, etwas darauf zu zeichnen. Dann deutete er mit dem Stift auf verschiedene Punkte der Skizze. Was konnte das wohl sein? Eine Landkarte? Ein Lageplan?

Ich brannte vor Neugier, es zu erfahren, aber ich konnte nicht noch näher herangehen, ohne gesehen zu werden. Als ich mich suchend nach einem neuen Versteck umschaute, merkte ich, dass mich eine dicke Kellnerin vom Tresen aus anstarrte.

Ich beschloss, jetzt besser zu verschwinden. Was ich gesehen hatte, reichte, um zu beweisen, dass Roger ein Lügner war. Ich musste so schnell wie möglich Captain Farraday informieren.

Ich zog mir die Kapuze noch tiefer ins Gesicht und wollte mich gerade abwenden und zur Tür hinausschleichen, als ich plötzlich eine Hand auf meiner Schulter spürte. Eine laute Stimme rief: „Hallo, Cara!“

„Autsch!“ Ich schrie mehr vor Überraschung als vor Schmerz auf. Aber die Hand grub sich weiter in meine Schulter, so, als ob sie mich an diesem Platz festnageln wollte.

Ich wirbelte herum, um zu sehen, wer mich da gepackt hatte. Aber eigentlich hätte ich mir das auch denken können – es war natürlich Roger!

„Na, spionierst du mir mal wieder hinterher?“, fragte er und verstärkte den Druck auf meine Schulter. Seine Augen brannten sich förmlich in meine ein.

„Er ist gefährlich!", dachte ich entsetzt.

Das war mir noch nie bewusst geworden. Ich hatte noch nicht mal ernsthaft darüber nachgedacht, aber als ich ihn jetzt ansah, wurde mir klar, wie gefährlich er wirklich war.

„Au! Du tust mir weh, Roger!", rief ich und versuchte noch einmal, mich aus seinem Griff zu winden.

Endlich ließ er meine Schulter los, aber sein Gesichtsausdruck hatte sich nicht verändert. „Entschuldige, das wollte ich nicht", sagte er steif.

Das konnte er mir doch nicht erzählen! Natürlich hatte er mir wehtun wollen!

Ich blickte an Roger vorbei zu seinem Begleiter, der noch immer in der Nische saß und mich aufmerksam musterte. Seine Lippen waren zusammengepresst, und auf seinem bleichen Gesicht lag ein missbilligender Ausdruck.

Zu meiner großen Überraschung lächelte Roger plötzlich – es schien, als hätte er seinen Ärger völlig überwunden. Als er bemerkte, wie ich seinen Freund anstarrte, nahm er mich am Ellbogen und führte mich zu der Nische. „Oh ... äh ... Cara, das ist Dr. Murdoch", erklärte Roger und ließ sich auf den Stuhl gleiten. „Er ist mein ... mein Studienberater."

Na klar, Roger! Sicher! Und ich bin die Königin von England.

„Nett, Sie kennen zu lernen", sagte ich und gab mir keine besondere Mühe, so zu tun, als ob ich es ernst meinte.

Dr. Murdoch warf mir ein breites, falsches Grinsen zu.

„Ich hatte noch ein paar Fragen zu meinem Hauptfach, deswegen haben wir uns heute Abend hier getroffen", fügte Roger hinzu. Was für eine dreiste Lüge! Als er bemerkte, dass ich zu den beiden Blättern Papier hinüberschielte, nahm er sie schnell vom Tisch und faltete sie zusammen. Mit einem Schlag wurden seine Augen wieder eiskalt. „Und was machst du hier?", fragte er mit betont ruhiger Stimme.

„Ich ... äh ... ich war mit einer Freundin verabredet. Aber

es sieht so aus, als würde sie nicht mehr kommen." Meine Geschichte war auch nicht schlechter als seine. „Ich geh dann mal. Wir sehen uns später!"

„Nett, dich kennen gelernt zu haben", rief mir der so genannte Dr. Murdoch hinterher, als ich den Gang entlang und aus dem Café rannte.

Ich hielt den Atem an, bis ich zur Tür hinaus war. Draußen hatte inzwischen ein feiner Nieselregen eingesetzt. Wieder zog ich meine Kapuze auf, aber diesmal, um mich zu wärmen. Mein Herz schlug wie ein Presslufthammer, und ich fühlte mich wie eine Idiotin.

Als ich mich wieder etwas beruhigt hatte, beschloss ich, dass ich, sobald ich zu Hause war, Rogers Pistole aus dem Schreibtisch holen und sie irgendwo verstecken würde.

Roger hatte mich richtig erschreckt. Die Vorstellung, dass er eine geladene Pistole in unserem Haus herumliegen hatte, jagte mir noch mehr Angst ein. Auf jeden Fall hatte ich bewiesen, dass er ein Lügner war. Und sein Freund Murdoch auch ... Schließlich hatte er Mark und mir erzählt, er würde keinen Roger kennen!

Während ich nach Hause lief, wurde mir plötzlich klar, dass ich dort auch nicht in Sicherheit war. Panik trieb mir den Angstschweiß auf die Stirn. Meine Eltern waren verschwunden, und wir hatten einen gefährlichen Lügner mit einer Waffe im Haus.

Um die immer stärker werdende Furcht abzuschütteln, rannte ich schneller und schneller. Wenn Mark und ich in dieser Stadt doch bloß jemanden kennen würden – wenn wir hier irgendwelche Verwandten hätten oder wenigstens einen Ort, wo wir hingehen könnten ...

Ich war nur noch zwei Straßen von zu Hause entfernt, als ich merkte, dass mir ein Wagen folgte.

Kapitel 15

„Okay, okay, Mark. Beruhige dich, Mann! Atme erst mal ganz tief durch. Du findest hier schon wieder raus!“, redete ich mir gut zu.

Ich zwang mich, weiterzugehen, weiter in die tiefe undurchdringliche Dunkelheit, ins Ungewisse. Gerade als ich wieder kurz davor war, in Panik zu geraten, schien sich die dunkle Wand der Bäume um mich herum ein wenig zu lichten. Ich blickte auf und sah, dass der Mond hinter einer dichten Wolkenbank hervorgekommen war. Dankbar sah ich zu ihm auf. Mir fiel ein, dass der Mond rechts von mir gewesen war, als ich in den Wald ging. Wenn ich darauf achtete, ihn weiterhin auf der rechten Seite zu haben, müsste ich eigentlich in die richtige Richtung laufen.

Bei diesem Gedanken fühlte ich mich gleich um einiges besser. Na ja, vielleicht nicht gerade berauschend, aber immerhin kehrte ein bisschen von meinem Selbstvertrauen zurück. Ich schaltete die Taschenlampe wieder an, musste aber feststellen, dass sie jetzt völlig den Geist aufgegeben hatte. Also ging ich weiter und benutzte den Mond als Lichtquelle und Wegweiser.

Ich legte ein ziemliches Tempo vor, als ich über den Teppich aus feuchten Blättern joggte.

Mit einem Mal entdeckte ich ein blasses grau-grünes Licht, das wie ein Glühwürmchen zwischen den Bäumen hindurchschimmerte.

Ein Haus! Ich rannte darauf zu und ignorierte Dornen, stachelige Büsche und verborgene Wurzeln, die versuchten, mich zu Fall zu bringen.

Kurz darauf erreichte ich das hintere Ende von Genas Garten. Ich blieb stehen und versuchte, wieder zu Atem zu kommen. Ich starrte hinauf zu dem schwachen Licht, das durch die Jalousie vor ihrem Fenster drang.

Ob sie wohl dort oben war? Ich konnte es nicht genau sagen.

Das Wohnzimmer im Erdgeschoss war hell erleuchtet, und der flackernde Schein eines Fernsehers huschte über die Wände. Jemand ging am Fenster vorbei. Das musste Genas Vater sein. Ich schlich mich ein Stück näher und achtete darauf, im Schatten der großen Garage neben dem Haus zu bleiben.

Genas Vater stand vor dem Fernseher und trank etwas aus einer Dose. Ich beobachtete ihn dabei, wie er zurück zur Couch ging und sich hinsetzte. Dann blickte ich wieder zu Genas Zimmer hinauf.

Sollte ich das wirklich tun? Mein Blick wanderte das große hölzerne Rosenspalier entlang, das vom Boden bis unter Genas Zimmerfenster im zweiten Stock reichte. Die Rosen waren natürlich schon verblüht, aber die langen dornigen Ranken waren zurückgeblieben.

Schnell huschte ich zum Spalier hinüber und rüttelte daran. Es schien ziemlich stabil zu sein – hoffentlich würde es mein Gewicht aushalten.

Ich griff nach den Seitenstreben, wobei ich versuchte, den dornigen Ranken auszuweichen, und setzte einen Fuß auf die unterste Holzlatte. Dann lehnte ich mich ein Stück zur Seite und warf einen Blick durch das Wohnzimmerfenster, um mich zu vergewissern, dass Genas Vater immer noch auf der Couch vor dem Fernseher saß.

Langsam begann ich zu klettern – immer einen Fuß vor den anderen. Das Spalier wackelte ein bisschen, brach aber nicht ein.

Ich hatte schon ein Drittel des Weges zurückgelegt, als meine Hand plötzlich abrutschte und ich in die Tiefe stürzte. Ich merkte, wie ich den Halt verlor, und griff verzweifelt nach dem Spalier. Leider erwischte ich eine der Rosenranken. Während ich fiel, bohrten sich die großen Dornen in meine linke Handfläche.

Ich hatte nicht mal Zeit genug, um zu schreien, als ich auch schon hart auf dem Rücken landete. Der Aufprall presste mir die Luft aus den Lungen. Im ersten Augenblick dachte ich, ich wäre tot. Noch nie hatte ich mich derart schlecht gefühlt. Ich konnte nicht atmen, und es kam mir so vor, als würde ich nie wieder Luft kriegen. Dann muss ich wohl ohnmächtig geworden sein. Auf jeden Fall tanzten plötzlich rote Sterne vor meinen Augen, die dann von einem gleißend hellen gelben Licht abgelöst wurden.

Ich weiß nicht, wie lange ich so auf dem Boden lag. Wahrscheinlich kam es mir viel länger vor, als es in Wirklichkeit war. Die leuchtenden Farben verblassten langsam, und auf einmal konnte ich wieder atmen.

Ein pochender Schmerz breitete sich in meiner linken Hand aus. Ich hielt sie dicht vor mein Gesicht, um mir die Verletzung anzusehen. Die Dornen hatten zwei tiefe Schnitte in meinem Handballen hinterlassen, und die Wunde blutete ziemlich stark.

Ich blickte am Spalier hoch. Das Licht in Genas Zimmer war immer noch an. Ich beschloss, es noch einmal zu versuchen. Wenn ich erst in ihrem Zimmer war, würde sie schon etwas finden, um meine blutende Hand zu verbinden.

Gena war so nah. Ich konnte es kaum erwarten, sie zu sehen. Ich *musste* sie einfach sehen! Ich dachte an ihr langes schwarzes Haar, ihr Lächeln und daran, wie es sich angefühlt hatte, als sie auf meinem Schoß gesessen und ihre warmen Arme um mich geschlungen hatte. Von diesen Gedanken angetrieben, kletterte ich wieder am Spalier hinauf. Zuerst ganz langsam und vorsichtig, dann, als ich sicherer wurde, immer schneller.

Genas Fenster lag einen knappen halben Meter über dem Spalier und war geschlossen. Ich konnte von hier aus nicht sehen, ob es von innen verriegelt war oder nicht. Ich klopfte vorsichtig gegen die Scheibe und wartete darauf, dass sie zum Fenster kommen würde.

Das Spalier ächzte unter meinem Gewicht. Auf einmal war ich mir gar nicht mehr so sicher, dass es mich noch länger tragen würde.

Wo blieb denn nur Gena?

Wieder klopfte ich an die Scheibe – diesmal ein bisschen lauter. Aber nichts geschah.

Ich griff nach oben, lehnte mich ein wenig nach vorne und drückte mit aller Kraft gegen das Fenster. Es bewegte sich keinen Zentimeter.

Ich saß in der Falle. Der Weg ins Haus war versperrt, und das Spalier konnte jeden Moment zusammenbrechen und mich mit in die Tiefe reißen.

Kapitel 16

Während ich weiterrannte, hörte ich, wie der Wagen immer näher kam. Seine Scheinwerfer beleuchteten die Straße vor mir. Ich verlangsamte meinen Schritt und wartete darauf, dass das Auto an mir vorbeifahren würde.

Aber das tat es nicht.

Mark hatte Recht gehabt. Ich hätte heute Abend auf keinen Fall das Haus verlassen sollen! Ich begann wieder zu rennen, und bemerkte, dass auch das Auto schneller wurde.

Was zum Teufel sollte das? Ich drehte mich um, konnte aber nichts sehen, weil mich das helle Licht der Scheinwerfer blendete.

Ich wusste nicht, was ich tun sollte. Es machte mich ganz nervös, dass der Wagen mich nicht überholte. Wenn es jemand war, den ich kannte, warum hielt er dann nicht neben mir an oder hupte oder irgendwas in der Art.

Ich beschloss, mich umzudrehen und in die andere Richtung zu laufen – direkt an dem Auto vorbei. In der Zeit, die der Fahrer brauchte, um zu wenden, konnte ich vielleicht entkommen.

Ich wirbelte herum, schützte meine Augen mit einem Arm vor dem grellen Scheinwerferlicht und raste los. Der Wagen bremste mit quietschenden Reifen.

„Cara! Hey, bleib doch stehen! Cara!“, hörte ich plötzlich eine vertraute Stimme.

Verblüfft hielt ich in vollem Lauf inne. Ein Mann öffnete die Fahrertür und stieg aus. Als Erstes erkannte ich den großen blauen Caprice, dann die hoch gewachsene Gestalt von Captain Farraday.

„Captain Farraday! Hallo!“ Vor lauter Erleichterung überschlug sich meine Stimme.

„Ich war mir zuerst nicht ganz sicher, ob du es bist“, sagte er und kam mit großen Schritten auf mich zu. Die Absätze seiner Stiefel machten ein klackendes Geräusch auf dem Pflaster. „Hoffentlich habe ich dich nicht erschreckt. Ich war gerade auf dem Weg zu euch."

„Gibt es etwas Neues von meinen Eltern?", fragte ich atemlos.

Das Licht der Straßenlaternen spiegelte sich in seinen tiefblauen Augen. Mir fiel auf, dass er sehr müde aussah. Er schüttelte den Kopf. „Nein. Noch nicht. Ich wollte nur wissen, ob *ihr* vielleicht schon etwas von ihnen gehört habt."

„Nein", entgegnete ich und seufzte tief.

„Hey, nun mach doch nicht so ein Gesicht", sagte er und legte mir tröstend die Hand auf die Schulter. „Immerhin gibt es keine *schlechten* Nachrichten, oder?"

„Stimmt", murmelte ich. „Aber auch keine guten."

Er führte mich zu seinem Wagen. „Du darfst den Kopf nicht hängen lassen. Ich habe meine Männer auf den Fall angesetzt. Deine Eltern werden bestimmt bald wieder auftauchen."

Ich antwortete ihm nicht. Meine Enttäuschung war einfach zu groß.

„Ich brauche ein Foto von deinen Eltern", sagte er. „Ich werde eine Meldung rausgeben und eine Kopie des Fotos an jede Polizeidienststelle im weiteren Umkreis schicken. Fällt dir vielleicht noch irgendetwas ein, das uns weiterhelfen könnte? Jede noch so kleine Information könnte wichtig sein." Er war so groß, dass er seinen Kopf herunterbeugen musste, als er mit mir sprach.

„Warten Sie mal … Ich muss erst darüber nachdenken …", sagte ich.

„Was hältst du davon, wenn ich dich nach Hause bringe? Während der Fahrt kannst du überlegen, ob dir noch etwas einfällt, und ich könnte außerdem gleich das Foto deiner Eltern mitnehmen. Ich habe alle meine Leute mobilisiert, und die Zeitungen sind auch schon informiert. Manchmal rufen aufgrund der Artikel Leute an und geben ganz nützliche Hinweise."

Captain Farraday hielt mir die Beifahrertür auf, und ich ließ mich auf den Sitz fallen. Ich hatte noch nie einen Polizeiwagen von innen gesehen. Enttäuscht stellte ich fest, dass der Caprice nur ein Zivilfahrzeug war. In diesem Moment erwachte das Radio zum Leben, gab knatternde Geräusche von sich und spuckte dann eine kurze Nachricht aus. Der Polizeifunk war der einzige Hinweis darauf, dass es sich bei dem Caprice um ein Polizeifahrzeug handelte.

Während wir nach Hause fuhren, erzählte ich Captain Farraday von Roger, seiner Pistole, Murdoch und dem grauen Lieferwagen. Ich hatte erwartet, dass er etwas dazu sagen würde, aber er blickte starr geradeaus auf die Straße und reagierte nicht.

„Glauben Sie, dass Roger etwas über meine Eltern weiß?“, fragte ich schließlich, nachdem er eine Weile geschwiegen hatte.

„Vielleicht. Ich werde ihn auf jeden Fall überprüfen lassen – und diesen anderen Typen auch. Wie war noch mal sein Name?“

„Roger hat ihn Dr. Murdoch genannt.“

„Sonst noch was, Cara? Irgendetwas, das uns weiterhelfen könnte?“

Wir fuhren die Auffahrt hoch. Das Haus war dunkel. Ich war sauer, dass Mark nicht mal das Licht auf der Veranda für mich angemacht hatte.

„Mir fällt wirklich nichts mehr ein“, sagte ich zu Farraday. Ich öffnete die Tür und wollte aussteigen. „Oder doch. Warten Sie! Eins habe ich noch vergessen.“

Captain Farraday drehte sich um und sah mich gespannt an. „Ja?“

„Mark und ich haben einen merkwürdigen Gegenstand im Schlafzimmer unserer Eltern gefunden. Einen kleinen Affenschädel mit unechten Steinen als Augen. Meinen Sie, das könnte vielleicht ein Hinweis sein?“

Wieder reagierte er zunächst nicht. „Vielleicht“, sagte er dann leise. „Im Moment kann ich nichts damit anfangen, aber vielleicht hat es ja etwas zu bedeuten. Ich werde mal auf der Polizeiwache herumfragen. Habt ihr den Schädel noch zu

Hause? Ich glaube, es ist besser, wenn wir ihn zur Untersuchung ins Labor bringen."

Ich lief ins Haus. Mark war nirgends zu sehen. Ich stürmte die Treppen hinauf und holte ein ziemlich neues Foto meiner Eltern aus dem Album, das sie in ihrem Nachttisch aufbewahrten. Dann suchte ich nach dem weißen Affenkopf, konnte ihn aber nirgends finden. Ich musste Mark fragen, was er damit gemacht hatte.

Ich ging nach draußen und reichte Farraday das Foto. „Danke fürs Mitnehmen", sagte ich niedergeschlagen. „Und für Ihre Hilfe."

„Du solltest erst mal ein bisschen schlafen", sagte er mitfühlend. „Ich weiß, dass dir das nicht leicht fallen wird, aber es hilft."

„Ich werd's versuchen", versprach ich.

„Ich melde mich, sobald es irgendetwas Neues gibt. Und du hast ja auch meine Nummer. Du kannst mich jederzeit anrufen, Tag und Nacht. Egal, worum es geht, hörst du, Cara?"

„Danke", sagte ich noch einmal. „Ich fühle mich jetzt schon viel besser."

„Das freut mich", meinte er. Zum ersten Mal, seitdem ich ihn kannte, zeigte sich ein Lächeln unter seinem buschigen Schnurrbart.

Ich lief zurück ins Haus und schloss die Tür hinter mir ab. „Mark! Mark, wo bist du?" Meine Stimme war heiser.

Keine Antwort.

„Mark, bist du oben?", rief ich die Treppen hinauf.

Noch immer keine Antwort.

Ich warf einen Blick ins Wohnzimmer und in die Küche, ging dann nach oben, um nachzusehen, ob er vielleicht schon schlief.

Als ich ins Wohnzimmer zurückkehrte, überfiel mich die Angst, dass er jetzt genauso verschwunden sein könnte wie Mom und Dad.

Vielleicht hatte Mark mir ja eine Nachricht hinterlassen. Ich rannte in die Küche und schaute auf dem Kühlschrank nach.

Nichts. Ich blätterte den Block neben dem Telefon durch. Keinerlei Notiz.

„Jetzt ist er auch noch verschwunden“, dachte ich verzweifelt.

Nein, das konnte ich mir einfach nicht vorstellen. Wahrscheinlich war er nur zu Gena rübergegangen. Natürlich, so musste es sein!

Ich griff zum Telefonhörer, um ihn dort anzurufen. Aber dann überlegte ich es mir im letzten Moment doch anders. Mark würde bestimmt nicht besonders begeistert sein, wenn seine kleine Schwester hinter ihm her telefonierte. Und außerdem gab es immer noch keine Neuigkeiten von Mom und Dad, die ich ihm hätte berichten können.

Ich beschloss, so lange fernzusehen, bis Mark zurückkam. Vielleicht würde mich das ja ein bisschen ablenken.

Als ich durchs Wohnzimmer ging, bemerkte ich einen Lichtstrahl, der an der Wand hinaufwanderte – genauer gesagt, waren es zwei helle Kreise, die sich langsam und parallel in Richtung Decke bewegten. Es dauerte einen Moment, bis mir klar wurde, dass es sich um die Scheinwerfer eines Autos handelte.

Irgendjemand fuhr unsere Auffahrt hoch.

War es Mark? Waren es Mom und Dad?

Kapitel 17

Ich war verzweifelt. Ich musste unbedingt in dieses Haus. Ich atmete tief durch, langte nach oben und drückte noch einmal mit einem heftigen Ruck gegen die Fensterscheibe. Diesmal öffnete sich das Fenster ein kleines Stück. Erleichtert atmete ich auf – es war also doch nicht verriegelt gewesen!

Wenige Sekunden später krabbelte ich mit dem Kopf voran in Genas Zimmer. Das war zwar kein sehr romantischer Auftritt, aber ich hatte es immerhin geschafft – und das Spalier stand auch noch.

„Gena?“, flüsterte ich.

Ich schaute mich im Zimmer um, das nur von einer einzelnen Lampe auf der Kommode erleuchtet wurde. Gena war nirgends zu sehen. Seltsamerweise erweckte der Raum den Eindruck, als wäre sie längere Zeit nicht hier gewesen.

Das Bett war ordentlich gemacht, und ihre Stofftiere saßen in Reih und Glied auf der Tagesdecke. Ihr Rucksack hing über der Lehne des Schreibtischstuhls. Der Schreibtisch war aufgeräumt, nur einige Papiere und Stifte lagen säuberlich in einer Ecke aufgestapelt. Der Teppich sah aus, als wäre er erst vor kurzem gesaugt worden. In dem hohen Flor waren außer meinen eigenen keine Fußabdrücke zu sehen.

Ich schlich hinüber zum Schrank, dessen Türen von oben bis unten mit Fotos und Bildern beklebt waren. Die Schnappschüsse zeigten Gena und ihren Vater, ihre Mutter, die in der Nähe von Detroit wohnte, sowie einige Leute, die ich nicht kannte.

Auf einmal fühlte ich mich sehr müde und setzte mich auf die Bettkante. Ich passte auf, dass ich mit meiner blutenden Hand nicht in die Nähe der weißen Tagesdecke kam. Wo konnte Gena nur sein? Und warum brannte das Licht, wenn sie nicht zu Hause war?

„Es ist schon ziemlich spät. Sie wird wahrscheinlich bald kommen“, sagte ich mir und beschloss, auf sie zu warten.

Aber dann überlegte ich es mir doch wieder anders. Ich konnte hier schließlich nicht die halbe Nacht herumsitzen. Und vor allem musste ich langsam mal meine blutende Hand verbinden.

Ich stand auf, ging zur Kommode hinüber und zog die oberste Schublade auf. Ich nahm einen weißen Kniestrumpf aus Baumwolle und wickelte ihn mehrmals um meine Hand. Gena würde das bestimmt nichts ausmachen.

Wo war sie bloß?

Am Telefon hatte sie so aufgeregt, so völlig außer sich geklungen. Sie würde jetzt ja wohl kaum mit ihrem Vater unten im Wohnzimmer sitzen und fernsehen.

Den Strumpf fest um meine Hand geschlungen, ging ich hinüber zum Schrank und öffnete ihn. Es war der aufgeräumteste Schrank, den ich in meinem ganzen Leben gesehen hatte. Genas Kleider und Blusen hingen nach Farben geordnet auf Bügeln, und ihre Pullover lagen exakt zusammengelegt auf dem Bord darüber. Ich hatte gar nicht gewusst, dass sie so eine Ordnungsfanatikerin war.

Ich schloss die Schranktüren und wollte gerade wieder zum Bett zurück, als mir plötzlich etwas ins Auge fiel. Auf dem Teppich, fast verborgen von einem der Bettpfosten, lag etwas Glänzendes.

Mit der Spitze meines Turnschuhs kickte ich es unter dem Bett hervor und kniete mich hin, um es aufzuheben. Dann nahm ich den kleinen Gegenstand und ging damit zu der Lampe auf der Kommode.

Mir blieb für einen Moment die Luft weg. Ich konnte es einfach nicht glauben! Ich hielt tatsächlich einen geschnitzten weißen Affenschädel in der Hand.

Er sah genauso aus wie der, den Cara und ich im Schlafzimmer unserer Elteern gefunden hatten. Die unheimlichen Augen glitzerten und schienen mich anzustarren. Der Mund war zu einem hämischen Grinsen verzogen.

Was hatte es mit diesem unheimlichen Ding auf sich? Warum tauchte es überall auf, wo ich hinging?

Plötzlich kam mir ein beängstigender Gedanke. Es war doch nicht etwa derselbe Affenschädel?

War er mir irgendwie gefolgt?

Mir fiel wieder ein, wie ich aufgewacht war und den Affenkopf neben meinem Bett gefunden hatte, obwohl ich mich nicht daran erinnern konnte, ihn mit in mein Zimmer genommen zu haben. Hielt ich jetzt denselben Kopf in der Hand, blickte ich in dieselben glänzenden, hypnotisierenden Augen?

„Jetzt reiß dich aber mal zusammen, Mark!“, rief ich mich zur Ordnung.

Mir blieb keine Zeit, länger über dieses Rätsel nachzudenken, denn im Flur hörte ich Schritte, die schnell näher kamen.

Ich ließ den Affenkopf in der Tasche meiner Jeans verschwinden und sah mich nach einem Versteck um. Aber es gab leider keins.

Die Schritte hielten genau vor der Zimmertür an.

„Gena?“, flüsterte ich erwartungsvoll.

Im nächsten Moment trat ihr Vater ins Zimmer.

Mein Blick wanderte von seinem erschrockenen Gesicht zu der kleinen silbernen Pistole in seiner Hand.

Kapitel 18

„Mark!“, rief er entgeistert und warf die Pistole aufs Bett. „Ich hätte dich erschießen können. Ich … ich dachte, du wärst ein Einbrecher!“

„Entschuldigung.“ Das Wort blieb mir fast im Hals stecken.

Dr. Rawlings war ein sehr großer Mann – so groß, dass er die gesamte Tür versperrte. Er trug einen grau-weißen Trainingsanzug, der mindestens Größe XXL hatte. Seine Haare waren genauso schwarz wie die von Gena, allerdings nicht mehr so üppig. Über seinen buschigen dunklen Augenbrauen war bereits eine ganzes Stück Stirn zu sehen.

Er war kräftig gebaut und schien enorme Muskeln zu haben. Offenbar machte er Krafttraining. Das war mir bis jetzt noch nie aufgefallen. Ich starrte ihn fassungslos an und bemerkte, dass sein Gesichtsausdruck von Ärger zu Verwirrung wechselte.

„Jetzt bin ich echt in Schwierigkeiten“, schoss es mir durch den Kopf. Aber ich konnte noch nicht einschätzen, in *wie großen* Schwierigkeiten.

Dr. Rawlings kam einige Schritte auf mich zu. Für einen Moment dachte ich, dass er mich angreifen würde. Wenn man in Panik ist, malt man sich eben die verrücktesten Dinge aus.

Dann merkte ich, dass er auf den weißen Strumpf blickte, den ich um meine verletzte Hand gewickelt hatte. Das Blut war an mehreren Stellen hindurchgesickert, und das Ganze sah ziemlich eklig aus. Ich ließ meinen Arm sinken und presste ihn gegen meine Seite.

„Mark … es tut mir furchtbar Leid“, sagte er. „Lieber Himmel! Du hättest mir sagen sollen, dass du hier bist. Ich hätte dich erschießen können.“

„Dr. Rawlings, ich …“ Ich brach ab. Es war schwer, in so einer Situation die richtigen Worte zu finden. „Ich hatte wirklich nicht die Absicht, Sie zu erschrecken. Eigentlich wollte ich nur mit Gena sprechen und …“, setzte ich noch einmal an.

„Was ist mit deiner Hand passiert?“, fragte er mit seiner tiefen Stimme. Normalerweise hatte er einen dröhnenden Bass. Er sprach meistens sehr laut und brüllte ziemlich viel herum, aber nicht weil er wütend war, sondern vor lauter Begeisterung. Aber jetzt sprach er so leise, dass ich ihn kaum verstehen konnte. Er war offenbar zu Tode erschrocken, weil er mich beinahe erschossen hatte.

Widerstrebend hob ich meine verletzte Hand. „Ich habe mich geschnitten“, murmelte ich. „Hören Sie, ich kann das erklären. Ich ...“

„Du bist gekommen, um Gena zu sehen?“, fragte er und ließ sich neben mir auf das Bett fallen. Die weiche Matratze bog sich unter seinem Gewicht fast bis zum Boden durch. Er griff nach der Pistole und legte sie dann gleich wieder hin.

„Tja, also. Sie hat mich angerufen und ...“

Er rutschte nervös auf dem Bett hin und her. „Gena war sehr aufgeregt, Mark“, unterbrach er mich und starrte beim Reden an die Decke. „Das habe ich dir doch schon gesagt, als du vorhin hier warst.“

„Ich weiß. Aber ich bin genauso aufgeregt“, sagte ich trotzig. Und das stimmte ja auch.

„Ach, junge Liebe!“, seufzte Dr. Rawlings und schüttelte den Kopf. Dann sprang er auf. Diese Beweglichkeit hätte man ihm bei seinem massigen Körper gar nicht zugetraut. „Entschuldige, Mark! Ich wollte dich nicht auf den Arm nehmen. Mir ist klar, wie ernst das Ganze für dich und Gena ist, aber trotzdem hättest du dich nicht einfach so hier hereinschleichen sollen.“

„Sie haben Recht. Es tut mir wirklich Leid. Äh ... wo ist Gena denn überhaupt?“, fragte ich und wickelte den Strumpf fester um meine schmerzende Hand.

„Sie ist zu ihrer Kusine gefahren. Sie meinte, es wäre das Beste, um ein bisschen Abstand zu bekommen.“

„Zu ihrer Kusine, die im Norden lebt?“

Er nickte.

„Und warum hat sie ihre Schulsachen nicht mitgenommen?“ Genau in diesem Moment war mein Blick auf Genas Rucksack und die Hefte auf ihrem Schreibtisch gefallen. Ich war immer noch so durcheinander, dass mir gar nicht klar war, *was* ich da sagte.

Dr. Rawlings begann, glucksend zu lachen. „Ich habe dir doch erzählt, dass sie völlig außer sich war. Ich denke, ihre Schulsachen waren so ziemlich das Letzte, woran sie in diesem Moment gedacht hat.“ Er beugte sich zu mir herüber und legte mir seine mächtige Pranke auf die Schulter. „Soll ich mir deine Hand mal ansehen? Ich bin schließlich Arzt.“

Ich schob seine Hand weg. „Nein, danke. Das ist nicht nötig. Es ist nichts Ernstes. Ich mache mir einen Verband, wenn ich nach Hause komme.“ Ich wollte nur noch weg von hier, so schnell wie möglich, um in Ruhe über alles nachdenken zu können.

Ich sah zum Fenster hinüber. Es stand immer noch weit offen. Dr. Rawlings folgte meinem Blick. Jetzt wusste er, wie ich hereingekommen war. Wenn er das nicht schon von Anfang an vermutet hatte.

Mir wurde ganz heiß vor Scham. Ich war in sein Haus eingebrochen, und er war so nett zu mir.

„Dann lass uns mal nach unten gehen. Ich würde vorschlagen, dass du diesmal die Tür benutzt“, sagte er, während er mir wieder die Hand auf die Schulter legte und mich aus dem Zimmer dirigierte.

„Das Ganze tut mir wirklich furchtbar Leid“, murmelte ich. „Ich hätte nicht …“

Ich zuckte zusammen, als er schmerzhaft meine Schulter drückte. Wahrscheinlich war ihm gar nicht bewusst, wie viel Kraft er hatte. „Du brauchst dich nicht zu entschuldigen. Es ist schon okay. Ich habe Verständnis für diese Dinge. Das mit Gena und dir bedaure ich sehr, aber sie ist eben manchmal ein bisschen unberechenbar. Ich hoffe, ich habe dich mit meiner Pistole nicht zu sehr erschreckt.“

„Werden Sie es auch nicht meinen Eltern erzählen?“

Meine Eltern! Ich erschrak heftig. Und mir wurde ganz

heiß. Die hatte ich ja völlig vergessen! Und Cara auch. Wahrscheinlich war sie schon vor einer ganzen Weile zurückgekommen – und ich hatte ihr nicht mal eine Nachricht hinterlassen!

„Nein. Diesmal nicht“, sagte er und führte mich die Treppe hinunter. „Aber ich hoffe, dass ich sie bald mal kennen lerne“, fügte er hinzu.

Ich entschuldigte mich noch einmal bei Dr. Rawlings und trat dann hinaus in die Kälte. „Pass auf dich auf, Mark“, sagte er mit sanfter Stimme. Dann ergriff er meine unverletzte Hand und schüttelte sie.

„Danke“, murmelte ich. Ich wusste nicht, was ich sonst sagen sollte. Mir war immer noch ziemlich unbehaglich zu Mute.

Ich drehte mich um und ging schnell die Straße hinunter. Meine Hand pochte vor Schmerzen. Der weiße Strumpf hatte sich inzwischen völlig mit Blut voll gesogen. Ich beschloss, dieses Mal einen einfacheren Weg nach Hause zu nehmen. Von Wäldern hatte ich für heute genug.

Kapitel 19

Wer hatte da in unserer Auffahrt geparkt? Ich raste durchs Wohnzimmer in die Diele, holte tief Luft und riss dann die Haustür auf. „Oh!“

„Vielen Dank für die stürmische Begrüßung“, sagte Lisa Blume und grinste mich an.

„Tschuldigung“, murmelte ich, unfähig, meine Enttäuschung zu verbergen.

„Wen hattest du denn erwartet? Brad Pitt?“, fragte Lisa spöttisch und schob sich an mir vorbei in die Diele.

„Nein. Es ist nur ... also ... Komm doch rein“, stotterte ich. „Ich freue mich wirklich, dass du gekommen bist.“

„Ja, das sieht man ganz deutlich“, bemerkte sie mit ironischem Unterton. „Eigentlich wollte ich dich auch nur fragen, ob du Zeit hast, damit wir noch mal zusammen unsere Hausaufgabe in Geschichte durchgehen könnten. Aber wenn es dir jetzt nicht passt ...“

„Nein, nicht besonders“, sagte ich und beschloss, Lisa zu erzählen, was los war. „Aber ich bin trotzdem froh, dass du da bist“, fügte ich hinzu und führte sie ins Wohnzimmer. Lisa ließ sich auf die Couch fallen.

„Eigentlich sollte man wirklich nicht denken, dass wir Freundinnen sind, so unterschiedlich, wie wir aussehen“, schoss es mir durch den Kopf, während ich Lisa beobachtete, die sich herunterbeugte und ihr Heft aus dem Rucksack angelte. „Ich mit meinen blonden Haaren und dem schlaksigen Körper und sie mit ihrer dunklen, lockigen Mähne und diesem gerissenen, wissenden Grinsen.“ Irgendwie war ich aber erleichtert, dass sie vorbeigekommen war. Etwas Gesellschaft würde mir bestimmt gut tun. Außerdem war Lisas schräger Humor genau das Richtige, um mich von meinen Sorgen abzulenken.

„Was ist eigentlich mit deinem Bruder und Gena Rawlings?“, fragte Lisa und rollte viel sagend mit ihren großen dunklen Augen. „Die haben ja gestern Abend wirklich ’ne heiße Show abgezogen.“

„Du wirst es wahrscheinlich nicht glauben“, sagte ich. „Aber sie hat heute mit ihm Schluss gemacht.“

Lisa starrte mich mit offenem Mund an. „Was? Aber … warum denn?“

Ich zuckte mit den Schultern. „Mark geht’s ganz schön mies. Verrat ihm bloß nicht, dass ich es dir erzählt habe. Er ist vorhin noch mal zu Gena gegangen – na ja, ich glaube wenigstens, dass er bei ihr ist.“

Lisa zog an einer ihrer langen dunklen Locken. „Verrückte Geschichte. Komplett verrückt.“

„Ja, ich weiß. Mark hat auch keine Ahnung, was mit ihr los ist.“

„Komplett verrückt“, wiederholte Lisa. Sie saß eine Weile ganz still da und starrte nachdenklich vor sich hin. Dann sagte sie: „Hat Mark gestern Abend vielleicht Kaugummi gekaut?“

„Du meinst auf der Party?“

„Ja, klar.“

„Woher soll ich das wissen? Sag mal, was hat das denn mit Gena zu tun?“

„Ich musste nur gerade an ein Mädchen denken, das ich mal gekannt habe. Sie hieß Shana und war kurze Zeit mit einem Typen namens Rick zusammen. Ich weiß auch nicht, warum es mir gerade jetzt wieder eingefallen ist, aber sie hat mir erzählt, dass sie eines Tages mit Rick rumgeknutscht hat. Sie wusste nicht, dass er vorher Kaugummi gekaut hatte und … na ja … jedenfalls ist der Kaugummi dann irgendwie in ihrem Mund gelandet.“

„Iiih, wie eklig!“

„Genau das hat Shana auch gedacht. Sie hat sofort mit Rick Schluss gemacht und nie wieder ein Wort mit ihm geredet.“

„Wirklich ’ne aufregende Geschichte, Lisa“, sagte ich und merkte, dass ich mich schon genauso ironisch anhörte wie sie. Aber das passierte jedem, der eine Weile mit ihr zusammen war.

„Deswegen hab ich mich gefragt, ob Mark gestern vielleicht Kaugummi gekaut hat“, fügte Lisa unnötigerweise hinzu.

„Ich habe im Moment wirklich andere Probleme als Marks Liebesleben“, sagte ich seufzend.

„Klar. Schließlich hast du ja dein eigenes Liebesleben“, kicherte Lisa.

„Nein, ich meinte das ganz ernst.“

„Ich auch“, grinste Lisa.

„Meine Eltern sind verschwunden“, platzte ich heraus.

Lisa schien nicht sehr beeindruckt zu sein. „Ach, komm! Gleich erzählst du mir bestimmt, dass dir ein zweiter Kopf wächst“, witzelte sie und sah mich zweifelnd an. „Das würde ich dir natürlich auch glauben.“

„Nein, es stimmt wirklich, Lisa.“

Ich glaube, sie merkte an meinem Gesichtsausdruck, dass ich keinen Spaß machte. Sie stützte ihren Kopf auf die Hand und warf mir einen eindringlichen Blick zu. „Verschwunden? Sind sie heute Abend nicht nach Hause gekommen?“

„Genau das. Und gestern Nacht auch nicht.“

„Und sie haben nicht mal angerufen?“

Ich schüttelte den Kopf.

Mit einem Schlag wurde Lisas Gesicht ernst. Es war so, als ob sich hinter einer aufgesetzten Maske plötzlich Lisas echtes Gesicht zeigte. „Hast du die Polizei angerufen?“

„Ja.“

„Und sie hat sie noch nicht gefunden?“

Wieder schüttelte ich den Kopf. Ich fühlte mich auf einmal ganz elend. Ich hatte geglaubt, dass es mir helfen würde, Lisa zu erzählen, was passiert war, aber stattdessen machte es mir noch mehr Angst, nachdem ich es ausgesprochen hatte.

„Möchtest du vielleicht mit zu mir kommen?“, fragte Lisa. Auch sie sah jetzt sehr besorgt aus.

„Nein, danke. Das ist lieb von dir, aber ich kann Mark ...“

„Er kann natürlich auch mitkommen. Wir haben genug Platz. Wirklich!“

Ich war richtig gerührt. Schließlich kannte ich Lisa erst

kurze Zeit, und wir waren noch nicht die dicksten Freundinnen.

Ich dankte ihr noch einmal und erklärte ihr, dass Mark und ich uns wohler fühlen würden, wenn wir hier blieben. Aber wo zum Teufel war er? Ich sah auf meine Uhr und stellte fest, dass es schon ziemlich spät war. Ob er sich wohl wieder mit Gena vertragen hatte? Wenn ja, würde es bestimmt noch eine Weile dauern, bis er nach Hause kam.

Als ich das Geräusch eines Autos hörte, sprang ich auf. Aber es fuhr vorbei, ohne seine Geschwindigkeit zu verlangsamen. „Jetzt reiß dich aber mal zusammen, Cara!“, schimpfte ich mit mir. „Du kannst nicht jedes Mal, wenn auf der Straße ein Auto vorbeifährt, wie von der Tarantel gestochen hochspringen.“

Lisa sah fast noch aufgeregter aus als ich. „Es ist früher auch schon mal vorgekommen, dass sie nicht nach Hause gekommen sind“, versuchte ich sie zu beruhigen und den grimmigen Ausdruck von ihrem Gesicht zu vertreiben.

„Wirklich? Sie haben euch schon öfter zwei Tage alleine gelassen, ohne anzurufen?“

„Nein, bis jetzt haben sie sich eigentlich immer gemeldet.“ Ich stand auf. „Ich hol jetzt mal meine Hausaufgaben. Wie wär's, wenn wir 'ne Runde lernen?“

Lisa sah mich unbehaglich an. „Bist du sicher?“

„Ja. Ein bisschen Ablenkung wird mir gut tun. Dann gucke ich wenigstens nicht alle zwei Sekunden auf die Uhr.“

Lisa folgte mir in die Küche, wo meine Schultasche lag. „Weißt du übrigens schon das Neueste? Ich glaube, Gary Brandt steht auf dich“, sagte sie.

„Was?“

„Das hab ich jedenfalls gehört.“

„Von wem?“, fragte ich. Ich hatte nach einigem Herumkramen mein Geschichtsheft gefunden und zog es aus der Tasche.

„Gary hat einer Freundin von mir erzählt, dass er sich gerne mal mit dir treffen würde. Er ist ein scharfer Typ, findest du nicht auch?“

„Gary?“

„Natürlich Gary. Wer denn sonst?"

„Ich denke, er ist ganz in Ordnung", sagte ich betont beiläufig. Aus irgendeinem Grund wollte ich Lisa nicht zeigen, wie sehr ich mich über diese Neuigkeit freute. Gary war wirklich ziemlich nett. „Wenn meine Eltern länger nicht zurückkommen, können wir demnächst ja noch mal 'ne Party feiern", witzelte ich.

Lisa lachte, aber es klang eher halbherzig.

„Das war nicht besonders komisch, was?" Ich drückte mich an ihr vorbei und ging zurück ins Wohnzimmer „Ich versuch ja nur, es nicht so schwer zu nehmen."

„Wenn ... wenn meine Eltern so einfach verschwinden würden, ich glaube, ich würde ausrasten", überlegte Lisa.

„Ich raste wahrscheinlich erst aus, wenn sie wieder da sind", meinte ich und ließ mich auf die Ledercouch fallen. „*Wenn* sie zurückkommen", fügte ich im Stillen hinzu und merkte, dass mich ein Frösteln überlief.

Lisa und ich verglichen eine Zeit lang unsere Hausaufgaben, aber ich war einfach zu zerstreut, um mich darauf zu konzentrieren. Immer wieder sah ich auf die Uhr und fragte mich, wo Mark wohl blieb. Und bei jedem vorbeifahrenden Auto schoss ich nervös von der Couch hoch.

Nach einer Weile beschlossen wir, dass es keinen Zweck hatte weiterzulernen. Wir redeten noch ein bisschen über die Leute in unserer Klasse, und dann machte sich Lisa auf den Heimweg. Sie wiederholte ihr Angebot, dass Mark und ich jederzeit zu ihr kommen konnten, und bat mich, sie anzurufen, wenn ich irgendetwas Neues hörte.

Nachdem sie gegangen war, fühlte ich mich eine Weile richtig gut, weil ich eine echte Freundin gefunden hatte.

Aber dann sah ich wieder auf die Uhr. Es war schon nach elf. Wo blieb Mark?

Ich setzte mich ins Wohnzimmer. „Was für ein trostloser, abstoßender Raum", dachte ich und begann, unruhig auf und ab zu gehen. Nach einer Weile sammelte ich meine Schulsachen zusammen und beschloss, mir eine Cola aus der Küche zu holen. Ich war schon auf dem Weg zur Tür, als ich plötzlich wie angewurzelt stehen blieb.

Rogers Pistole!

Wie hatte ich die bloß vergessen können? Ich sollte jetzt schleunigst nach oben gehen, sie aus der Schublade nehmen und irgendwo verstecken. Am liebsten hätte ich Roger ohne große Umstände vor die Tür gesetzt. Aber ich wusste, dass das nicht so einfach werden würde. Solange er noch bei uns wohnte, sollte er wenigstens keine geladene Pistole in seinem Zimmer aufbewahren.

Ich stürmte die Treppen hinauf und stoppte auf dem Treppenabsatz vor dem Dachboden. „Roger, bist du da oben?“, rief ich mit lauter Stimme.

Immerhin bewegte er sich so leise und unauffällig, dass er sich ins Haus geschlichen haben konnte, während Lisa und ich uns unterhielten. Doch es kam keine Antwort. Zur Sicherheit rief ich noch einmal. Aber oben blieb alles still.

Vorsichtig stieg ich die schmalen Stufen zum Dachboden hinauf und schlich mich in sein Zimmer.

Ich tastete eine Weile herum, bis ich den Lichtschalter gefunden hatte und knipste das Licht an. Der kleine Raum war leer. Roger hatte ein Hemd und eine Baumwollhose auf sein Bett geworfen. Sonst sah alles ganz normal aus.

Ich kniete mich schnell vor seinen Schreibtisch und zog die unterste Schublade heraus.

Ein Knarren ließ mich erschrocken zusammenfahren. Ich saß da, rührte mich nicht und lauschte. Noch einmal knarrte es. Ich atmete auf, als ich feststellte, dass es wieder einmal der baufällige alte Kasten war, der diese Geräusche von sich gab.

Sicherheitshalber behielt ich die Tür im Blick, während ich Rogers Unterwäsche aus der Schublade holte und dann nach der Pistole tastete.

Da meine Hand nichts Metallisches zu fassen bekam, drehte ich erstaunt den Kopf und sah in die Schublade.

Ich schnappte hörbar nach Luft, als ich entdeckte, dass die Pistole verschwunden war.

Kapitel 20

Der Donnerstag glitt wie in einem dichten Nebel an uns vorbei. Mark und ich waren zu müde und zu sehr in unsere eigenen Gedanken vertieft, um uns beim Frühstück groß zu unterhalten. Irgendwie schafften wir es, rechtzeitig zur Schule zu kommen. Ich war zwar körperlich anwesend, aber mit meinen Gedanken ganz woanders. Vom Unterricht bekam ich kaum etwas mit.

Nach der Schule fuhren wir zusammen nach Hause. Mark berichtete mir während der Fahrt mit finsterer Miene, was ihm gestern Abend bei Gena passiert war. Er erzählte mir von seinem Erlebnis mit ihrem Vater, der ihn beinahe erschossen hatte. Mark sah immer noch ganz mitgenommen aus.

Anschließend berichtete ich ihm von Roger und Murdoch, die sich im Alma's getroffen hatten, und von der verschwundenen Pistole.

„Wir müssen Farraday über Roger informieren", sagte Mark, als wir in unsere Auffahrt einbogen. „Nachdem du ihn letzte Nacht überrascht hast, weiß er endgültig, dass wir ihm nicht über den Weg trauen. Wahrscheinlich ist er jetzt noch gefährlicher."

„Ich habe schon mit Captain Farraday gesprochen", sagte ich.

„Dann rufst du ihn eben noch mal an. Vielleicht hat sich ja inzwischen irgendetwas getan." Marks Stimme klang ungeduldig und verzweifelt.

Ich lief ins Haus, um mit dem Captain zu telefonieren. Aus den Augenwinkeln sah ich, wie Mark ums Haus herum in den Garten ging. Ich wusste genau, was er jetzt tun würde – so lange Pfeile auf die Zielscheibe abfeuern, bis seine Arme müde wurden.

Ich warf meine Bücher auf das Tischchen in der Diele und schlich zur Treppe. Dann stieg ich leise ein paar Stufen hinauf und horchte auf Geräusche, die mir verraten würden, ob Roger zu Hause war. Schließlich entschied ich mich für den direkten Weg. „Roger, bist du da oben?“, rief ich mit lauter Stimme.

Es kam keine Antwort. Erleichtert ging ich in die Küche, um Captain Farraday anzurufen.

Wütend donnerte ich den Hörer auf die Gabel, als ich feststellte, dass die Leitung schon wieder tot war. „Mark, dieses blöde Telefon hat zum zweiten Mal seinen Geist aufgegeben!“, rief ich durch das Küchenfenster.

Mark reagierte nicht auf mein Rufen. Aber vielleicht tat er auch nur so, als hätte er mich nicht gehört. Er schoss einen Pfeil nach dem anderen ab und starrte auf die Zielscheibe, ohne auch nur eine Sekunde den Blick abzuwenden.

Wenige Minuten später ging ich zu ihm nach draußen. Er feuerte gerade den letzten Pfeil aus dem Köcher ab. „Geht’s dir jetzt ein bisschen besser?“, fragte ich sanft.

„Nein“, sagte er kurz angebunden und runzelte die Stirn.

Wir fuhren zum Einkaufszentrum und teilten uns zum Abendessen eine Pizza. Keinem von uns war besonders nach Reden zumute. Als wir das Einkaufszentrum niedergeschlagen verließen, empfing uns eine kalte, stürmische Nacht. Die Luft war schwer und feucht, und es roch nach Schnee.

Wir waren schon fast zu Hause, als mir plötzlich etwas einfiel, das *alles* veränderte.

„Wally!“, brüllte ich aus voller Kehle.

Mark, der das Steuer mit nur einer Hand hielt, zuckte erschrocken zusammen, hielt den Blick aber weiter auf die Straße gerichtet. „Hä? Was hast du gesagt?“

„Wally!“

Mein Bruder sah ziemlich sauer aus. „Das habe ich auch mitgekriegt. Aber könntest du mir vielleicht mal verraten, was du damit meinst?“

„Ich komme nicht auf seinen Nachnamen“, sagte ich, während ich angestrengt überlegte. Ich war total aufgeregt, weil ich wusste, dass mir da etwas sehr Wichtiges eingefallen war. Ich zwang mich, tief durchzuatmen, um in Ruhe nachdenken zu können.

„Wally klingt wie der Name einer Comicfigur", knurrte Mark. Als er in die Fear Street einbog, schien es mit einem Mal viel dunkler zu werden. Die Straßenlaternen waren noch nicht eingeschaltet.

„Quatsch! Ich meine doch den Freund von Mom und Dad. Wally Wilburn!"

Trotz der Dunkelheit konnte ich sehen, dass Mark der Unterkiefer herunterklappte. „Ihr Arbeitskollege! Der Typ, der schon öfter angerufen hat und ein paar Mal mit ihnen beim Bowling war. Du hast Recht, Cara! Er heißt Wally Wilburn."

Mark raste die Auffahrt hoch und brachte den Wagen mit quietschenden Reifen zum Stehen. „Ich wette, seine Nummer steht in Moms und Dads Telefonverzeichnis. Lass uns sofort nachsehen!"

Wir schlugen die Wagentüren zu und rannten ins Haus. „Wally kann beweisen, dass sie bei Cranford Industries arbeiten", rief ich im Laufen. „Und wenn wir erst mal den Beweis haben ..." Ich brach ab, weil mir klar wurde, dass ich nicht wusste, was wir dann als Nächstes tun sollten.

„Wir müssen unbedingt mit ihm reden!", sagte Mark.

Wir stürmten in die Küche, und Mark griff nach dem kleinen Buch, das die Telefonnummern unserer Eltern enthielt. „Dann wollen wir mal sehen ...", murmelte er und kniff die Augen zusammen. Er ließ seinen Finger die linierten Seiten des Telefonverzeichnisses hinunterwandern. „Ich hab's! Wally Wilburn."

„Wo wohnt er denn?"

Mark machte ein langes Gesicht. „Hier steht nur die Telefonnummer, aber keine Adresse."

Ich hob den Hörer ab. Die Leitung war schon wieder tot. „Dann müssen wir eben im örtlichen Telefonbuch nachgucken, da steht die Adresse immer dabei.", meinte ich.

„Es sei denn, er hat sich nicht eintragen lassen", entgegnete Mark niedergeschlagen.

„Alter Pessimist. Du gibst immer viel zu schnell auf!", sagte ich genervt und zog das Telefonbuch vom Bord. Nach wenigen

Sekunden hatte ich den Eintrag *W. Wilburn* gefunden. „Er wohnt in der Plum Ridge Road 32."

„Wo ist das denn? Diesen Straßennamen habe ich noch nie gehört."

Ich musste lachen. „Mark, du würdest wirklich einen lausigen Detektiv abgeben."

„Ich hatte ja auch nie vor, einer zu werden", grummelte mein Bruder beleidigt vor sich hin.

Ich blätterte das Telefonbuch durch und fand das Straßenverzeichnis gleich auf der ersten Seite. Die Plum Ridge Road war in Waynesbridge. Der Ort lag ungefähr auf halber Strecke zwischen Shadyside und Cranford. „Nun komm schon! Lass uns fahren!", drängte ich und zog Mark zur Tür. „Ich weiß, wie wir hinkommen."

„Wally Wilburn", murmelte Mark und schüttelte den Kopf. „Vielleicht kann er uns ja helfen, das Rätsel zu lösen."

Die Fahrt nach Waynesbridge dauerte ungefähr zwanzig Minuten. Als wir die Außenbezirke der Stadt erreichten, fiel mein Blick auf endlose, deprimierende Häuserreihen. Die völlig gleich aussehenden, schachtelförmigen Häuser erstreckten sich über die niedrigen Hügel, so weit das Auge reichte. Ich machte das Radio aus und begann, nach Straßenschildern Ausschau zu halten.

„Was sollen wir ihm eigentlich erzählen?", fragte Mark und klang plötzlich besorgt.

„Ich denke, es ist besser, nicht sofort damit herauszuplatzen, dass unsere Eltern seit drei Tagen verschwunden sind", meinte ich. „Wir sollten ihn erst mal reden lassen. Wenn wir Wally gleich so überfallen, erschrecken wir ihn vielleicht."

„Ja, das ist eine gute Idee", stimmte Mark mir zu.

„Wie wär's, wenn du mir das Reden überlässt?", schlug ich vor.

Mark nickte erleichtert.

„Hier ist es – Plum Ridge Road!", rief ich, nachdem ich das nächste Straßenschild gelesen hatte. „Das war ja gar nicht so schwer zu finden. Halt dich jetzt am besten rechts."

„Kannst du die Hausnummern erkennen?“, fragte Mark und bremste den Wagen auf Schritttempo herunter.

„Ja, sie sind über den Haustüren angebracht. Fahr noch ein Stück weiter. Die 32 müsste gleich kommen.“

Das Haus der Wilburns lag an der nächsten Ecke. In der Auffahrt stand ein Ford Mustang, sodass wir auf der Straße parken mussten. Dann gingen wir den schmalen betonierten Weg entlang, der zur Eingangstür führte. Die Luft roch nach frisch umgegrabener Erde und nach Dünger.

Als wir auf dem Treppenabsatz vor dem Haus standen, drangen Stimmen und Musik zu uns heraus. Offensichtlich lief drinnen gerade eine Show im Fernsehen. Ich klingelte. Die Geräusche aus dem Inneren des Hauses brachen abrupt ab, und ich hörte Schritte im Flur. Im nächsten Moment wurde die Tür aufgerissen, und wir standen einem rundlichen Mann in mittleren Jahren gegenüber.

„Na, was habt ihr denn zu verkaufen?“, fragte er. Er hatte eine angenehme Stimme und ein freundliches Lächeln, das auch sein ungewöhnlich buschiger Schnurrbart nicht ganz verdecken konnte. Der Mann war schon fast kahl, nur um die Ohren herum ragten noch einige unordentliche Büschel dichter schwarzer Haare empor.

„Mr Wilburn?“, fragte ich und wusste auf einmal gar nicht mehr, wie ich anfangen sollte.

„Da seid ihr genau richtig. Mr Wilburn bin zufällig ich. Aber die meisten Leute nennen mich Wally. Und wer seid ihr? Ich habe euch noch nie hier in der Gegend gesehen.“

„Wir leben ja auch in Shadyside“, schaltete sich Mark ein, der ziemlich nervös klang.

Wir hatten doch abgemacht, dass ich das Reden übernehme! Ich hoffte, dass Mark die ganze Sache nicht gleich zu Anfang vermasselte.

„Na, da seid ihr ja ziemlich weit gefahren, um ein paar Tombola-Lose zu verkaufen“, gluckste Wally. Er schien seine eigene Bemerkung ausgesprochen witzig zu finden.

„Das ist ein Missverständnis. Wir wollen ihnen nichts verkaufen. Ich bin Cara Burroughs, und das ist mein Bruder Mark."

„Burroughs?" Er erkannte den Namen sofort und öffnete die Zwischentür. „Dann seid ihr also die Kinder von Greg und Lucy?"

Mark und ich nickten.

„Kommt doch erst mal rein. Wie geht's euren Eltern? Wo sind sie? Ich habe sie die letzten Tage gar nicht in der Firma gesehen." Während er uns ins Wohnzimmer führte, redete er wie ein Wasserfall.

„Sie haben sie nicht gesehen?", platzte Mark heraus.

„Nein. Ich wurde in Abteilung C gebraucht, deswegen war ich die ganze Woche im Tiefgeschoss. Ich hatte so viel zu tun, dass ich zwischendurch kaum zum Luftholen gekommen bin. Haben eure Eltern mich vermisst?"

Mark und ich wussten nicht, was wir darauf sagen sollten. Also trat ich die Flucht nach vorne an und wechselte das Thema. „Wir haben einen Freund besucht, der hier in der Nähe wohnt", begann ich und versuchte, möglichst glaubwürdig zu klingen. „Wir wollten Sie fragen, ob wir vielleicht mal Ihr Telefon benutzen dürfen, um Mom und Dad anzurufen. Ich glaube, sie arbeiten noch, und wir haben vorhin vergessen, uns bei ihnen zu melden."

„Um diese Zeit?" Wally sah stirnrunzelnd auf seine Uhr. „Workaholics", gluckste er. „Wirklich nette Leute die beiden, aber echte Fanatiker, was die Arbeit angeht."

Eine sehr dünne Frau mit welligen blonden Haaren kam ins Wohnzimmer und schien über den Besuch überrascht zu sein. Sie trug ausgeblichene Jeans und ein schwarz-rotes Grateful-Dead-T-Shirt. „Hallo, Liebling. Das sind die Kinder von Greg und Lucy", stellte uns Wally vor. „Und das ist meine bessere Hälfte, Margie."

„Nett, Sie kennen zu lernen", sagten Mark und ich im Chor und warfen uns dann verlegen einen Blick zu.

„Hallo, ihr beiden!", begrüßte uns Margie und lächelte. „Habt ihr eure Eltern mitgebracht?"

„Nein. Cara und Mark sind nur vorbeigekommen, um bei ihnen anzurufen“, erklärte Wally seiner Frau.

„Haben Sie vielleicht ihre Durchwahl?“, fragte ich beiläufig. „Mark und ich wissen sie noch nicht auswendig.“

„Kein Problem.“ Wally ging zu einem Beistelltisch und begann, hektisch in einem Stapel von Zeitungen und Papieren zu wühlen. „Ich arbeite manchmal zu Hause, deswegen habe ich das Telefonverzeichnis der Firma hier. Ah, da ist es ja schon!“

Er zog mehrere zusammengeheftete Blätter mit einem gelben Deckblatt aus dem Chaos hervor. Ich warf schnell einen Blick darauf. Dort stand in großen Druckbuchstaben: TELEFONVERZEICHNIS CRANFORD INDUSTRIES.

Ich hoffte, dass die Wilburns nicht bemerkten, wie stark meine Hände zitterten, als ich das Verzeichnis durchblätterte und unter B nach dem Namen meiner Eltern suchte. Da stand er, gefolgt von ihrer Durchwahlnummer!

Mr Marcus hatte uns angelogen. Unsere Eltern arbeiteten also doch für die Firma – genau wie sie es uns erzählt hatten. Ich hielt den Beweis in meinen Händen. Jetzt konnten wir zu Captain Farraday gehen, damit er herausfand, wer dieser Mr Marcus wirklich war.

Ich reichte Mark das Verzeichnis und zeigte auf den Namen unserer Eltern, den er mit offenem Mund anstarrte. Wie unauffällig! Ich kämpfte mit mir, ob ich Wally bitten sollte, uns das Heft zu leihen. Aber dann entschied ich mich doch dagegen, weil ich befürchtete, dass das sein Misstrauen erregen würde. Immerhin hatten wir das Verzeichnis gesehen, und Farraday konnte ja herkommen, wenn er einen Blick darauf werfen wollte.

„Tja, dann vielen Dank“, sagte ich. Ich gab Wally das Telefonverzeichnis zurück und ging in Richtung Tür.

„Ja, vielen Dank“, echote Mark. Wir konnten es beide kaum erwarten, von hier zu verschwinden.

„Äh … habt ihr nicht vielleicht etwas vergessen?“ fragte Wally amüsiert. Wir schauten ihn verdutzt an. „Euren Anruf.

Ihr habt doch gesagt, dass ihr mit euren Eltern telefonieren wollt."

„Oh, natürlich!" Wie peinlich!

Uns blieb nichts anderes übrig, als das Spiel weiterzuspielen. Ich wählte die Durchwahl meiner Eltern und ließ es mehrmals klingeln. „Es geht keiner ran. Sie sind wahrscheinlich schon auf dem Weg nach Hause", sagte ich zu Wally.

Es dauerte noch ein paar Minuten, bis wir uns nach den üblichen höflichen Verabschiedungsfloskeln endlich auf den Weg machen konnten. „Der hält uns bestimmt für ziemlich schräge Vögel", kicherte Mark, als er hinter das Lenkrad glitt.

„Das ist mir völlig egal. Immerhin haben wir jetzt den Beweis, dass Mom und Dad uns nicht angelogen haben. Sie arbeiten wirklich für Cranford Industries", sagte ich ein bisschen beleidigt.

„Meinst du, die Empfangsdame hat uns mit Absicht belogen?", wollte Mark wissen.

„Nein", sagte ich nachdenklich. „Moms und Dads Namen waren definitiv nicht auf dem Bildschirm, das haben wir ja selber gesehen. Aber es dauert nur eine Sekunde, eine Information aus einer Computerdatei zu löschen. Dieses hohe Tier, dieser Mr Marcus, *der* ist dafür verantwortlich!"

„Warum sollte er so etwas tun?", fragte Mark, während er den Wagen vom Bordstein lenkte.

„Das weiß ich auch nicht, aber die Polizei wird uns helfen, es herauszufinden." Ich war ganz aufgeregt über das Ergebnis unserer Nachforschungen. „Lass uns versuchen, Captain Faraday zu finden. Wir haben ihm eine Menge zu erzählen!"

Die zwanzigminütige Fahrt nach Shadyside schien sich endlos hinzuziehen. Als wir die Mill Road entlangfuhren, bog Mark plötzlich in die Fear Street ein. „Ich finde, wir sollten vorher kurz zu Hause vorbeischauen", sagte er. „Vielleicht hat der Captain ja eine Nachricht auf dem Anrufbeantworter hinterlassen oder so."

„Stimmt. Gute Idee!"

„Oh, nein. Cara, sieh doch mal …"

Ich folgte Marks Blick und entdeckte den grauen Lieferwagen, der nur einen Block von unserem Haus entfernt parkte.

„Er ist wieder da", knurrte Mark mit zusammengebissenen Zähnen und lenkte unseren Wagen schnell daran vorbei. Ich konnte nicht genau erkennen, ob Murdoch im Wagen saß.

Wir fuhren die Auffahrt zu unserem Haus hoch. „Das ist ja komisch", murmelte ich. „Da ist Licht im Obergeschoss. Ich weiß genau, dass ich es vorhin nicht angemacht habe."

„Ich auch nicht", sagte Mark beunruhigt. „Lass uns besser mal nachsehen. Vielleicht ist Roger inzwischen zurück."

Wir schlichen uns durch die Hintertür ins Haus und ließen die Tür leise ins Schloss fallen. Dann gingen wir auf Zehenspitzen zur Treppe. „Hallo, Roger. Bist du da?", rief ich hinauf, als wir von oben keine Geräusche hörten.

Keine Antwort.

„Er wird ja wohl kaum überall das Licht angemacht haben und dann weggegangen sein", überlegte Mark.

„Jedenfalls hat er das bis jetzt noch nie getan", sagte ich. „Wir sollten hochgehen und in seinem Zimmer nachsehen."

Ich stieg vor Mark die Treppe hinauf. Die Stufen knarrten und ächzten laut unter unseren Schritten. „Roger? Roger?"

Das Licht in seinem Zimmer war an, und die Tür stand halb offen. Wieder fiel mir auf, dass es hier oben viel wärmer war als unten im Haus. Ich öffnete die Tür und ging hinein. Da ich als Erste im Zimmer war, sah ich ihn auch zuerst.

Ich wollte schreien, brachte aber keinen Ton heraus.

Im ersten Augenblick dachte ich, ich würde umkippen. Für ein oder zwei Sekunden wurde mir ganz schwarz vor Augen, aber dann kehrten die Farben langsam zurück.

Dort saß Roger an seinem Schreibtisch. Er war nach vorne gesunken und lag mit dem Gesicht nach unten auf der Tischplatte. Seine Arme hingen leblos an den Seiten herab, die Hände berührten den Boden. Direkt unterhalb des Nackens steckte ein Pfeil in seinem Rücken. Sein T-Shirt hatte sich mit dunkelrotem Blut voll gesogen.

Ich trat einen Schritt zur Seite, sodass Mark in der kleinen

Dachkammer Platz hatte. Dabei machten meine Turnschuhe ein quietschendes Geräusch. Erstaunt blickte ich nach unten. Rogers Blut war auf den Teppich getropft und hatte ihn durchweicht. Und ich stand mittendrin!

„Oh, nein! Das glaub ich einfach nicht!“, schrie Mark und legte seinen Arm um meine Schulter – allerdings mehr, um sich abzustützen, als um mich zu trösten. Meine Beine zitterten, und mein Herz hämmerte wie verrückt.

Auf dem blutverschmierten Teppich lagen einige Pfeile verstreut.

„Er … er ist tot!“, kreischte Mark. „Aber warum denn nur?“

In diesem Moment schwang die Tür auf und versetzte Mark und mir einen harten Stoß. Als wir entsetzt herumfuhren, stand plötzlich Farraday vor uns. Er hatte sich die ganze Zeit über hinter der Tür versteckt.

„Oh!“, schrie ich auf.

Farraday hielt Marks Bogen in der Hand. Er blockierte die Tür und starrte Mark anklagend an. „Ist das nicht deine Waffe, Junge?“, fragte er mit drohender Stimme. „Warum hast du ihn umgebracht?“

Kapitel 21

Ich sah Cara Hilfe suchend an und konnte keinen klaren Gedanken fassen. Im ersten Augenblick dachte ich, Farraday wollte mich auf den Arm nehmen.

Aber als er nicht aufhörte, mich anzustarren, und dabei meinen Bogen anklagend in die Höhe hielt, merkte ich, dass er es ernst meinte. Er glaubte offenbar wirklich, dass *ich* Roger getötet hatte!

„Warten Sie, ich …“, setzte ich an. Meine Knie gaben unter mir nach. Der kleine Raum schien von einer Seite auf die andere zu schwanken. Ich blickte zu Boden und entdeckte, dass sich meine Turnschuhe mit Rogers Blut voll gesogen hatten.

Farraday legte mir seine Hand auf die Schulter. „Du sagst am besten gar nichts, Junge. Ich werde dich zuerst über deine Rechte aufklären.“

Ich sah, wie sich seine Lippen bewegten, aber ich verstand nicht, was er sagte. Wahrscheinlich hatte ich eine Art Schock.

„Mark hat Roger nicht getötet!“, ertönte plötzlich Caras wütende Stimme und rüttelte mich aus meiner Starre auf. „Das ist doch völlig verrückt!“

„Sie hat Recht!“, rief ich, nachdem ich endlich meine Stimme wiedergefunden hatte. „Ich habe ihn nicht umgebracht! Auf keinen Fall! Warum hätte ich das denn tun sollen?“

Farradays Hand lag noch immer auf meiner Schulter. Mit der anderen warf er den Bogen auf den Teppich. „Immer mit der Ruhe! Entspann dich erst mal!“, sagte er, auf einmal ganz sanft, und dirigierte mich in Richtung Tür. „Wir müssen jetzt alle die Ruhe bewahren. Hier ist ein Mord begangen worden.“ Er sah Cara eindringlich an, so, als ob er in ihren Augen nach einer Antwort suchte. „Mit Marks Waffe und …“

„Das ist keine Waffe!“, schrie ich und erkannte meine eigene Stimme kaum wieder. Sie klang völlig verzerrt.

„Lasst uns erst mal runtergehen. Wir setzen uns hin und

reden in Ruhe über alles", sagte Farraday. Er behielt seine Hand auf meiner Schulter und führte mich die Treppe hinunter.

Ich kann gar nicht beschreiben, was ich empfand, als wir im Wohnzimmer ankamen. Ich hatte das Gefühl, in einen Albtraum geraten zu sein, aus dem ich nicht aufwachen konnte. War Roger wirklich tot? War er tatsächlich mit meinem Bogen ermordet worden? Wer konnte das nur getan haben? Und vor allem – wer hatte ein Interesse daran, *mir* die ganze Sache anzuhängen?

Cara und ich wollten uns gerade auf die Couch setzen, als plötzlich die Tür zur Diele aufflog und Murdoch mit einer Pistole in der Hand hereinstürzte.

Erstaunt starrte er Farraday an. „Wer sind Sie denn, verdammt noch mal?", schrie er dann. „Alle an die Wand! Na los, bewegt euch!" Wild fuchtelte er mit der Pistole herum.

„Das ist er!", schrie Cara. „Der Mann, mit dem Roger sich getroffen hat!"

Ohne zu zögern, zog Farraday seine Dienstwaffe und feuerte drei Schüsse ab, die Murdoch in die Brust trafen. Murdochs Augen rollten nach oben, und er stieß einen unterdrückten Schrei aus. Dann gaben seine Knie unter ihm nach, und er fiel mit dem Gesicht nach vorne auf die Fliesen in der Diele.

„Oh nein! Oh nein! Oh nein!", kreischte Cara.

Farraday ging rasch zu ihr hin und legte tröstend einen Arm um ihre Schulter. „Es ist alles in Ordnung", sagte er sanft. „Jetzt ist alles wieder in Ordnung."

Ich fühlte mich auf einmal ganz komisch. Der Fußboden schien zu schwanken und auf mich zuzukommen. Zwei Tote. In unserem Haus. Hier waren zwei Menschen umgebracht worden. Das Blut … so viel Blut …

Bevor ich merkte, was geschah, hatte Farraday seinen anderen Arm um meine Schultern gelegt. Er führte Cara und mich zurück zur Couch. „Jetzt ist alles wieder in Ordnung", wiederholte er beruhigend.

Cara und ich saßen an den entgegengesetzten Enden der Couch. Cara bedeckte weiterhin ihr Gesicht mit den Händen.

Ich blickte zu Farraday auf. Das Zimmer schien immer noch zu schwanken. Wieder und wieder hörte ich die Schüsse, sah, wie Murdoch aufschrie und zu Boden sackte.

„Ihr beide bleibt jetzt ganz still hier sitzen und versucht, euch erst mal zu beruhigen", sagte er freundlich, aber mit einer Stimme, die keinen Widerspruch duldete. Dann kratzte er sich an der Wange und steckte seine Waffe zurück ins Halfter.

Er ging hinüber zu Murdoch und rollte ihn auf den Rücken. Dann kniete er sich neben den leblosen Körper und betrachtete aufmerksam Murdochs Gesicht. „Diesen Mann habt ihr also mit Roger zusammen gesehen?", fragte er.

„Ja", bestätigte Cara leise und blickte zu Boden. „Ich habe sie gesehen."

„Gut. Vielleicht können wir nun alle Puzzleteile zusammensetzen und herausfinden, was sie mit euren Eltern gemacht haben", sagte Farraday. Er ächzte laut, als er sich wieder aufrappelte.

Er ging zum Telefon, das auf dem Schreibtisch stand. „Ich werde nur eben Verstärkung anfordern", erklärte er. „Meine Jungs werden gleich hier sein und die ganze Sache aufklären. Bewegt euch am besten nicht vom Fleck. Atmet einfach nur tief durch und versucht, ruhig zu bleiben. Ach – und Mark? Ich wollte dir nur sagen, dass ich dich nicht mehr für den Mörder halte, mein Junge."

Er nahm den Hörer ab und wählte die Nummer der Polizeiwache. „Hallo, Schmidt. Ich bin's. Ja, ich bin noch in der Fear Street. Richtig, bei Burroughs. Ich brauche Unterstützung. Es gibt hier zwei Tote. Zu spät für einen Krankenwagen. Ja. Ja, okay. Schick die Männer los, und sag ihnen, dass sie auf die Tube drücken sollen."

Er legte den Hörer auf und kam wieder zu uns herüber. Er wirkte riesig, wie er so vor uns stand. Cara hatte sich in die Ecke der Couch gepresst und ihre Hände fest im Schoß verknotet. Und ich versuchte immer noch, das heftige Schwindelgefühl und die Übelkeit zu unterdrücken.

„Ihr beide habt wirklich eine schwere Zeit hinter euch",

sagte Farraday und blickte auf uns herunter. „Aber das Schlimmste ist jetzt vorbei. Ich denke, wir werden den Dingen bald auf den Grund kommen. Wie fühlt ihr euch?“

„Ziemlich mies“, antwortete Cara. „Ich habe noch nie eine … eine Leiche gesehen.“

Ich stand mit wackligen Beinen auf und hielt mich an der Lehne der Couch fest.

„Wo willst du denn hin, Mark?“, fragte Farraday.

„Nur in die Küche. Mein Mund ist ganz trocken. Ich möchte mir einen Schluck Wasser holen.“

„Bring mir doch bitte auch ein Glas mit“, bat Cara.

„Na gut, dann lauf“, sagte Farraday. „Aber komm gleich zurück. Ich habe noch eine Menge Fragen an euch.“

Als ich hinausging, bemerkte ich, wie Farraday sich ans Fenster stellte und ungeduldig nach draußen sah. „Wo bleiben denn bloß meine Jungs?“, hörte ich ihn murmeln.

Ich wankte in die Küche und wollte gerade zum Wasserhahn gehen, als mir etwas auffiel, das mir einen eisigen Schauer über den Rücken jagte. Ich blieb stehen und starrte auf die Wand. Ich kniff ein paar Mal die Augen zusammen, weil ich zuerst dachte, dass ich Halluzinationen hätte.

Aber meine Augen hatten mir keinen Streich gespielt. Der Hörer des Wandtelefons in der Küche lag nicht auf der Gabel.

Ich hob ihn hoch und hielt ihn an mein Ohr. Stille. Dann legte ich den Hörer auf und lauschte noch einmal.

Absolute Stille.

Die Leitung war immer noch tot.

Farraday hatte nur so getan, als ob er mit der Polizeiwache telefonierte!

Kapitel 22

Captain Farraday war ein Betrüger und wahrscheinlich nicht mal ein Polizist.

Er hatte gar nicht um Verstärkung gebeten. Das hieß, dass wir jetzt in seiner Gewalt waren.

Farraday hatte Murdoch vor unseren Augen erschossen. War er auch der Mörder von Roger? Wollte er das Gleiche mit uns machen?

Was hatte er vor? Wer war er?

Was lief hier eigentlich?

In meinem Kopf wirbelten tausend Fragen herum.

Ich legte den Hörer auf und starrte ihn wie hypnotisiert an. Tot, tot, tot.

Ich musste einen Weg finden, um Cara zu warnen – musste sie irgendwie wissen lassen, dass Farraday nicht der war, für den er sich ausgab. Er war ein Betrüger. Ein sehr gefährlicher Betrüger.

„Hey, Mark. Was machst du denn da so lange?“ Farradays Stimme riss mich aus meinen Gedanken.

Ich dachte daran, durch die Hintertür zu verschwinden und Hilfe zu holen.

Aber bevor ich auch nur einen Schritt tun konnte, erschien der falsche Captain auch schon in der Küche. „Na, hast du schon etwas getrunken?“

„Nein. Ich … äh …“

Ich ließ Wasser in ein Glas laufen, nahm ein paar Schlucke und hob den Rest für Cara auf. Farraday führte mich langsam zurück zur Couch.

Cara griff dankbar nach dem Glas. Ich sah sie eindringlich an und rollte meine Augen in Richtung Farraday. Wie sollte ich ihr bloß klarmachen, in welcher Gefahr wir uns befanden?

„Äh … könnten Cara und ich uns vielleicht mal für einen Moment allein in der Küche unterhalten?“, fragte ich und versuchte, möglichst unschuldig zu klingen.

Farradays Nasenflügel flatterten leicht, so, als ob er die Gefahr wittern würde. „Nein, ich glaube nicht, dass das nötig ist“, sagte er ruhig und lächelte mich an. Dann setzte er sich gegenüber von uns auf einen niedrigen Hocker. „Wir haben schließlich noch eine Menge zu besprechen.“

Cara sah mich verwundert an. Ich starrte eindringlich zurück. Aber sie verstand nicht, was ich ihr damit sagen wollte.

„Ich werde euch jetzt einige Fragen stellen“, begann Farraday und lächelte Cara aufmunternd zu. „Ich bin sicher, dass wir beweisen können, dass Mark nichts mit Rogers Tod zu tun hat. Sobald wir diesen Mann hier identifiziert haben“ – er deutete auf Murdoch – „und wissen, wer Roger wirklich ist, werden wir dem wirklichen Mörder schon auf die Spur kommen.“

Ich versuchte, Caras Aufmerksamkeit auf mich zu ziehen, aber sie sah gebannt zu Farraday hinüber. „Wer sind die beiden?“, fragte sie. „Glauben Sie, sie haben gewusst, wo Mom und Dad sind?“

Farraday zuckte mit den Schultern. „Wir werden es herausfinden.“

„Was hatten *Sie* eigentlich hier zu suchen?“, fragte ich mit scharfer Stimme. Damit wollte ich Cara zeigen, dass ich Farraday nicht traute. Ich musste ihr irgendwie signalisieren, dass mit diesem *Captain* etwas nicht stimmte. Aber wie sollte ich das nur anstellen?

„Ich wollte mit euch beiden reden“, antwortete Farraday und kratzte sich am Kinn. „Das Licht im obersten Stockwerk kam mir irgendwie verdächtig vor, also ging ich hoch, um nachzusehen. Und dann fand ich den jungen Mann – Roger – mit dem Pfeil im Rücken. Als ich plötzlich Stimmen hörte, habe ich mich hinter der Tür versteckt.“

Er wirkte völlig ruhig – freundlich und professionell. Noch einmal versuchte ich, Cara mit den Augen ein Zeichen zu geben. Als das nichts half, schnitt ich eine Grimasse, aber Cara reagierte nicht.

„Ihr beide habt einen schlimmen Schock. Seid ihr schon

wieder soweit okay, dass ihr mir ein paar Fragen beantworten könnt?"

„Ja, ich denke schon", sagte Cara leise und verknotete die Hände noch fester in ihrem Schoß.

Wie konnte ich bloß ihre Aufmerksamkeit erregen? Es musste doch einen Weg geben, ihr mitzuteilen, was ich entdeckt hatte.

„Wo wart ihr, bevor ihr nach Hause gekommen seid?", fragte Farraday und blickte ungeduldig zum Fenster, so, als ob er sich fragte, wo die Männer blieben, die er nie angefordert hatte.

„Wir sind zu einem Mann gefahren, der unsere Eltern kennt", antwortete Cara.

„Cara – nein!", schrie ich. „Erzähl ihm nichts!"

Mir wurde plötzlich klar, dass ich keine Wahl hatte. Ich war zu weit gegangen und musste jetzt irgendetwas tun. Ich holte tief Luft und stürzte mich dann auf Farraday. Durch den harten Stoß, den ich ihm versetzte, kippte er rückwärts vom Hocker. „Hey!", schrie er ärgerlich.

„Mark! Was machst du denn da?", hörte ich Cara rufen.

Ich warf mich auf Farraday und griff nach seiner Waffe, aber es gelang ihm, sich unter mir herauszuwinden. Er schubste mich beiseite und sprang auf die Füße.

Er hatte die Pistole in der Hand. „Cleverer Schachzug, mein Kleiner", sagte er und zielte auf mich. „Aber nicht clever genug. Geh zurück auf die Couch!"

„Mark! Was um alles in der Welt soll das?", schrie Cara und sah mich an, als ob ich verrückt geworden wäre.

Schlagartig war alle Freundlichkeit aus Farradays Gesicht verschwunden. Er fixierte uns mit kaltem Blick und zielte mit der Pistole auf uns. „Ihr wisst also doch etwas, das ihr mir noch nicht erzählt habt. Ich denke, es wird langsam Zeit, dass ihr auspackt."

Cara starrte ihn mit offenem Mund an. „Was?"

„Du hast mich ganz richtig verstanden", schnappte Farraday. „Fangen wir mit der wichtigsten Frage an. Wo sind eure

Eltern? Ihr könnt euch eine Menge Ärger ersparen, wenn ihr es mir erzählt."

„Aber wir wissen doch nicht, wo sie sind!", schrie Cara. Ich legte ihr eine Hand auf die Schulter, um sie zu beruhigen.

„So langsam habe ich eure Spielchen wirklich satt", sagte Farraday und seufzte übertrieben. „Merkt ihr denn nicht, dass ich es ernst meine? Ich habe heute Abend in eurem Haus zwei Menschen umgelegt. Glaubt ihr wirklich, dass es mir auf zwei mehr oder weniger ankommt?"

„Sie … Sie sind gar kein Polizist?", stotterte Cara entsetzt.

„Klar bin ich ein Bulle", sagte Farraday bitter und richtete sich auf. „Wenigstens war ich das mal. Sechzehn Jahre lang. Bis eure Eltern …"

„Was ist mit unseren Eltern?", unterbrach ich ihn.

„Genau das will ich von euch wissen", sagte er ungeduldig. „Ich habe einen weiten Weg hinter mir, um sie zu finden. Und ich habe verdammt lange gewartet, um ihnen einen Besuch abzustatten." Seine große Gestalt ragte drohend über uns auf. „Also, wo sind sie?"

„Keine Ahnung", erwiderte ich.

„Warum haben Sie Roger umgebracht?", fragte Cara mit zitternder Stimme.

„Er hat zu viel herumgeschnüffelt. Ich hatte das Gefühl, dass ihr mir meine Geschichte abgekauft habt, aber bei ihm war ich da nicht so sicher. Also habe ich mich ins Haus geschlichen und ihn zum Schweigen gebracht." Er starrte Mark mit einem gemeinen Grinsen an. „War wirklich nett von dir, dass du mir die Waffe dazu geliefert hast. Noch dazu eine, die man nie mit mir in Verbindung bringen wird. Roger hat sich nicht umgedreht, als ich hereinkam. Es ging so schnell, dass er nicht gemerkt hat, wer ihn da ins Jenseits befördert hat." Farraday zuckte mit den Schultern. „War wirklich keine große Sache."

Er hob drohend die Pistole. „So, jetzt haben wir aber lange genug geplaudert. Wer von euch beiden Süßen erzählt mir denn nun, wo eure Eltern sind?"

„Mark sagt die Wahrheit. Wir wissen es nicht!", rief Cara.

„Tut mir Leid, das nehme ich euch nicht ab", knurrte Farraday und richtete die Pistole auf Caras Kopf. „Ihr wisst garantiert etwas. Ich wette, wenn ich einen von euch erschieße, wird dem anderen ganz plötzlich einfallen, wo sich eure Eltern herumtreiben. Wie wär's, wenn wir das mal ausprobieren?"

„Nein!", schrie Cara entsetzt auf.

Farraday schwenkte die Waffe langsam zu mir. „Einer von euch beiden wird es mir jetzt sagen!"

„Aber unsere Eltern sind doch verschwunden", sagte ich mit erstickter Stimme. „Warum hätten wir Sie sonst um Hilfe bitten sollen?"

„Wen soll ich zuerst erschießen?", fragte Farraday gefährlich sanft. „Ich tu's ja nur ungern, aber ihr lasst mir keine Wahl. Einer von euch beiden muss dran glauben."

Er bewegte die Pistole hin und her, zielte zuerst auf Cara und dann auf mich.

„Ich denke, ich fange mit Mark an", sagte er dann.

„Nein!", schrie Cara. „Wir wissen nichts! Glauben Sie uns doch!"

„Auf Wiedersehen, Mark." Er richtete die Waffe genau auf meinen Kopf.

Ich schloss die Augen und wartete.

Eine Sekunde. Zwei Sekunden. Drei Sekunden.

Ob es wohl sehr wehtun würde? Würde ich den Schuss überhaupt merken? Würde ich wahrnehmen, wann ich getroffen war?

Vier Sekunden. Fünf Sekunden. Sechs Sekunden.

Er hatte immer noch nicht geschossen. Ich öffnete die Augen.

Farraday senkte langsam seine Pistole.

Mir war ganz schwindelig, und ich schnappte krampfhaft nach Luft. Ich hob den Kopf und richtete meinen Blick auf Farraday.

Merkwürdigerweise sah er an mir vorbei. Mit ungläubigem Gesicht starrte er auf irgendetwas hinter dem Sofa.

„Lassen Sie sofort die Waffe fallen!“, ertönte plötzlich eine laute Stimme hinter mir.

Ich wirbelte herum, um zu sehen, wer es war.

„Gena!“

Das schwarze Haar hing ihr zerzaust ins Gesicht, und ihr blaues Sweatshirt war mit Flecken übersät. Ihre Wangen waren gerötet und die Augen ganz verquollen, so, als ob sie geweint hätte.

Sie stützte ein riesiges Jagdgewehr gegen ihre Schulter und zielte damit auf Farraday.

„Wer bist du denn? Was willst du hier?“, brüllte Farraday. Er hielt die Waffe gesenkt, ließ sie aber nicht fallen.

Gena ignorierte ihn einfach. „Na los, Mark, Cara! Wir müssen uns beeilen! Das Treffen beginnt bald. Wir dürfen keine Zeit verlieren!“

„Das Treffen?“, fragte ich verständnislos.

„Bleib, wo du bist!“, schrie Farraday und wollte seine Pistole auf Gena richten.

„Keine Bewegung, sonst knalle ich Sie ab!“, sagte Gena warnend. Das Gewehr wirkte fast so groß wie sie. Sie stützte es fester gegen ihre Schulter. „Guck nicht so geschockt“, rief sie mir zu. „Mein Vater hat mich schon mit zur Jagd genommen, als ich vier war.“

„Gena, wo warst du denn?“, fragte ich sie.

„Wir haben jetzt keine Zeit für Erklärungen“, meinte Gena kurz. Sie deutete mit dem Gewehr auf Farraday. „Was machen wir mit dem da? Wir müssen uns beeilen!“

„Warum schließen wir ihn nicht in der Garage ein?“, schlug Cara vor und sprang auf. „Das Garagentor hat ein ziemlich stabiles Schloss.“

Das schien die beste Lösung zu sein. Gena hielt Farraday mit dem Jagdgewehr in Schach, während wir ihn nach draußen und dann in die Garage brachten.

Überrascht stellte ich fest, dass es begonnen hatte zu schneien. Der Boden war schon ganz weiß, und noch immer fielen weiche, nasse Flocken vom Himmel.

„Das werdet ihr noch bedauern!“, stieß Farraday zwischen zusammengebissenen Zähnen hervor, als ich die Tür hinter ihm zuschlug und abschloss.

Kurz darauf liefen wir durch unseren Garten und schlitterten über den Pulverschnee. „Wir nehmen den Weg durch den Wald“, verkündete Gena und begann zu rennen, ohne auf den glitschigen Boden zu achten.

Cara und ich mussten uns ganz schön anstrengen, um sie einzuholen. „Wo bist du gewesen? Was ist passiert?“, fragte ich im Laufen.

„Bei meiner Kusine“, antwortete sie. Ihr Atem bildete kleine weiße Wölkchen vor ihrem Gesicht. Wir waren jetzt im Wald. Der Wind heulte durch die Bäume und ließ ihre Äste krachen. „Mein Vater wollte mich aus dem Weg haben. Aber ich bin entwischt und zurückgetrampt.“

„Getrampt?“, rief Cara.

„Ich kann euch das jetzt nicht erklären. Wir müssen uns beeilen. Ich hoffe ... ich hoffe, wir können uns später noch unterhalten.“

„Aber ... wo willst du denn hin? Ich muss es wissen!“

„Zu deinen Eltern“, rief sie. „Wir müssen rechtzeitig da sein, weil ...“ Den Rest des Satzes konnte ich nicht verstehen. Gena hatte begonnen, noch schneller zu laufen, und der Wind verwehte ihre Worte. Ich schaute mich nach Cara um, die Schwierigkeiten hatte, hinterherzukommen.

Der Wind war eisig. Mein Gesicht fühlte sich schon ganz rau und halb erfroren an.

Ich hätte zu gerne gewusst, wo wir eigentlich hinrannten. Was war das für ein Treffen, zu dem Gena uns in solcher Eile führte?

Ich lief immer weiter, bis ich das Gefühl hatte, dass meine Lungen gleich platzen würden. Wir stürmten dahin, schoben tief hängende Äste beiseite und wichen schneebedeckten Gebüschen aus, die uns den Weg versperrten. „Ich ... ich kann nicht mehr“, rief Cara. „Ihr seid zu schnell ...“

„Psst“, flüsterte Gena ihr zu. „Wir sind schon fast da.“

Ein Stück voraus sah ich plötzlich kleine gelbe Lichter, die sich zwischen den Bäumen bewegten. Im ersten Moment dachte ich, es wären Glühwürmchen, aber dann fiel mir ein, dass es im Winter keine Glühwürmchen gab. „Kerzen!“, rief ich laut aus.

Gena legte den Finger auf den Mund. „Sie dürfen uns nicht hören!“, wisperte sie warnend.

„Wo sind wir hier?“, fragte Cara mit gesenkter Stimme.

Vor uns sahen wir eine kreisrunde Lichtung, bevölkert mit Leuten, die Kerzen in den Händen hielten.

„Das Treffen hat noch nicht begonnen. Wir sind gerade noch rechtzeitig gekommen“, flüsterte Gena uns zu.

„Welches Treffen?“, fragte ich noch einmal, aber wieder gab sie mir keine Antwort.

„Folgt mir! Unser Haus liegt gleich hinter den Bäumen dort. Ich weiß, wo mein Vater einige Kutten aufbewahrt.“

Kutten?

Kutten und brennende Kerzen?

„Warte!“, zischte ich und hielt Gena am Arm fest. „Ich werde keinen Schritt weitergehen, wenn du mir nicht sofort sagst, was hier eigentlich läuft!“

Sie legte sanft ihre Hand auf meine. Trotz der Kälte fühlte sie sich glühend heiß an. „Mark, bitte … Du möchtest doch deine Eltern zurückhaben, oder?“

Kapitel 23

Ich konnte die Gefahr, die in der Luft lag, regelrecht spüren. Merkwürdigerweise gab mir das neue Energie. Nachdem wir eine ganze Zeit in diesem wahnsinnigen Tempo durch den Wald gehetzt waren, hatte ich fast aufgegeben. Ich war erschöpft gewesen und hatte außerdem furchtbare Angst.

Aber als ich das Meer von gelben Lichtern zwischen den Bäumen entdeckte und dann diese merkwürdigen Figuren mit den Kapuzen, die Kerzen in den Händen hielten, vergaß ich völlig, wie furchtbar ich mich noch kurz zuvor gefühlt hatte.

Wir passten auf, dass wir nicht zu nahe an die Lichtung herankamen, aber durch die Äste der kahlen Bäume hindurch konnte ich die Gestalten ganz deutlich erkennen. Ungefähr zwei Dutzend Leute wanderten auf der Lichtung umher. Alle trugen dunkle Mönchskutten, und ihre Gesichter waren im Schatten der Kapuzen verborgen. Jeder von ihnen hielt eine lange schwarze Kerze in der Hand.

Ob Mom und Dad wohl auch hier waren?

Geduckt huschten wir an der kreisförmigen Lichtung vorbei. Unsere Turnschuhe bewegten sich lautlos durch den Pulverschnee. Plötzlich hörte ich sanfte Flötenmusik, die von einem Kassettenrekorder zu kommen schien.

„Wenn die Musik aufhört, wird das Treffen beginnen", flüsterte Gena uns zu.

Sie führte uns in den Nachbargarten, wo wir uns versteckten.

„Die Kutten sind unten im Keller", sagte sie immer noch flüsternd, obwohl kein Mensch zu sehen war. „Es war ganz schön blöd von uns, dass wir die Pistole von diesem Typen nicht mitgenommen haben. Wir haben sie bei euch im Wohnzimmer vergessen."

Als wir uns davon überzeugt hatten, dass die Luft rein war, schlichen wir zum Haus hinüber. Wir pressten uns mit dem Rücken gegen die Hauswand, die in tiefer Dunkelheit lag, und schlüpften dann durch eine Seitentür hinein und direkt in den Keller. Von oben ertönten Stimmen und Gelächter. Ich konnte noch immer die Flötenmusik hören – hier im Keller klang sie zwar gedämpft, aber wenigstens spielte sie noch.

Der Keller war voll ausgebaut. Es gab einen großen Hobbyraum und mehrere kleinere Räume. Einer von ihnen schien bis unter die Decke mit Gewehren vollgestopft zu sein. Gena führte uns zu einem riesigen begehbaren Eckschrank und zog uns hinein, bevor sie das Licht anmachte. Bis auf einen Stapel brauner Kutten, die an einer Wand lagen, war er leer.

Plötzlich ergriff Gena Marks Arm und sah zu ihm auf. Auf ihrem Gesicht spiegelten sich Schmerz und Angst. „Ich wusste, dass mein Vater in der Bruderschaft ist“, sagte sie. „Aber ich hätte nie gedacht, dass sie Menschen umbringen.“

Bruderschaft?

Menschen umbringen?

„Als ich herausfand, was die Bruderschaft vorhatte, hat mein Vater mich gezwungen, dich anzurufen und mit dir Schluss zu machen“, fuhr Gena fort. „Und dann hat er mich zu meiner Kusine im Norden verfrachtet. Er wollte nicht, dass ich mich einmische. Er war dagegen, jemanden zu töten, aber er hatte zu viel Angst, um etwas zu unternehmen.“

„Ich verstehe nicht“, flüsterte ich. „Was hat das mit unseren Eltern zu tun. Sind sie …“

„Psst!“ Wir hörten Schritte auf der Kellertreppe.

„Wir müssen hier raus.“ Gena griff sich drei Kutten von dem Stapel. „Schnell! Zieht das an!“

Wir schlüpften in Windeseile in die Kutten. Sie waren schwerer, als sie aussahen, und ihnen entströmte ein widerlicher Geruch nach Mottenkugeln und Schweiß.

„Achtet darauf, dass eure Gesichter verborgen bleiben“, ermahnte uns Gena. Dann zog sie sich die Kapuze über den Kopf und verknotete den Gürtel der Kutte. „Und macht mir einfach alles nach.“

„Das Gewehr …“, sagte ich und zeigte darauf.

„Ich … ich weiß nicht, wie wir das hinausschmuggeln

sollen", meinte Gena und versteckte es unter dem Haufen Kutten. „Wenn es jemand bemerkt, sind wir verloren. Wir müssen uns etwas anderes einfallen lassen. Kommt!"

„Was hat Gena vor?", dachte ich ratlos. „Warum sollen wir uns bei diesem geheimnisvollen Treffen einschleichen?"

Wir huschten schnell aus dem Schrank. Auf der Treppe kamen uns zwei Männer entgegen. Ich wandte mein Gesicht ab, als sie an uns vorbeigingen.

„'n Abend", sagte einer von ihnen freundlich.

Wir gaben ihm keine Antwort.

Dann gingen wir schnell durch den Garten und von dort zu der Lichtung im Wald. Es hatte aufgehört zu schneien, und die Luft war klar und kalt. Nur die Flammen der Kerzen erhellten die tiefe Dunkelheit.

Ich hielt mich dicht neben Mark, weil ich Angst hatte, ihn aus den Augen zu verlieren. In diesen Kutten sahen alle gleich aus – wie sollte ich ihn da wieder finden? Die vermummten Gestalten wanderten auf der Lichtung umher und unterhielten sich. Wenn es nicht so unheimlich gewesen wäre, hätte es beinahe gewirkt wie ein Stehempfang. Leider kam ich nicht dicht genug heran, um zu hören, worüber sie sprachen.

Ich hatte furchtbare Angst. Meine Beine zitterten wie Espenlaub, aber ich zwang mich, weiterzugehen und möglichst unauffällig an den einzelnen Grüppchen vorbeizuwandern.

Auf einmal tauchte Gena neben mir auf und drückte mir eine brennende Kerze in die Hand. Die Kerze war schmal und schwarz, genauso wie die Kerzen der anderen. Ich versuchte, sie ruhig zu halten, aber meine Hände zitterten stark. Ich hoffte, dass es niemandem auffallen würde.

Plötzlich brach die Musik ab. Ich hatte immer noch nicht entdeckt, woher sie eigentlich kam.

Eine unheimliche Stille senkte sich über die Gruppe. Die dunklen Gestalten verstummten und gingen schweigend in Richtung Wald. In den Fear-Street-Wald.

Wie lange fanden die Treffen der Bruderschaft hier wohl schon statt? Und was hatten deren Mitglieder heute Nacht vor?

Ich versuchte, diese Fragen aus meinem Kopf zu vertreiben, aber es gelang mir nicht.

Der böige Wind blies mir meine Kapuze vom Kopf. Schnell setzte ich sie wieder auf und zog sie mir weit ins Gesicht.

„Reiht euch ein!“, flüsterte Gena uns zu.

Ich griff nach Marks Hand und stellte fest, dass sie eiskalt war. Ich wollte auf keinen Fall von ihm getrennt werden. Die vermummten Gestalten schienen zwei Linien zu bilden, als sie dem Rand der Lichtung zustrebten. Sobald sich alle eingereiht hatten, blieben sie plötzlich stehen. Anstatt in den Wald zu gehen, bildeten sie einen großen Kreis.

Die Flammen der Kerzen flackerten in dem eiskalten Wind. Sie bildeten jetzt einen perfekten Kreis aus Licht.

Zwei Personen, die sich wie die anderen ihre Kapuzen weit über den Kopf gezogen hatten, traten in die Mitte des Kreises. Sie hielten ihre Kerzen hoch empor, sodass ihre Gesichter beleuchtet wurden. Ich schnappte vor Schreck nach Luft, als ich entdeckte, dass sie Masken trugen.

Die Masken stellten weiße Affenschädel dar – grinsende weiße Affenschädel.

Sie sahen genauso aus wie dieses unheimliche kleine Ding, das Mark und ich in Moms und Dads Bett gefunden hatten.

Dann trat eine dritte Gestalt in den Kreis. Ihr Gesicht lag im Dunkel der Kapuze verborgen.

Atemlose Stille breitete sich aus. Sogar der Wind hatte sich gelegt. Nicht das kleinste Geräusch war zu hören.

Der Mann ging auf die beiden maskierten Personen zu. Er blieb vor ihnen stehen und berührte ihre Gesichter. Und dann riss er mit einer heftigen Bewegung die Affenmasken herunter.

Trotz des flackernden Kerzenlichtes erkannte ich meine Eltern sofort.

Ich schaute zu Mark hinüber. Er hatte sie ebenfalls gesehen. Und ich wusste, dass ihm im gleichen Moment wie mir klar geworden war, dass Mom und Dad die Anführer der Bruderschaft waren!

Kapitel 24

Das war bestimmt alles nur ein Traum, ein böser Traum. Der Schnee. Der dunkle Wald. Die Gestalten mit den Kapuzen in ihren braunen Kutten. Die schwarzen Kerzen. Der Kreis aus flackernden Lichtern. Und dann meine Eltern in der Mitte des Kreises, meine Eltern mit weißen Affenmasken.

Ich warf einen Blick zu Cara hinüber. Ihr Gesicht war völlig ausdruckslos. Alles wirkte so irreal, wie in einem schlechten Gruselfilm.

Hatten uns Mom und Dad deswegen verlassen? Um einem geheimnisvollen Kult beizutreten?

Wenn sie uns erzählt hatten, dass sie donnerstagabends zu ihren Clubtreffen gingen, waren sie dann hier draußen gewesen – in ihren dunklen Kutten und mit Masken? Was taten sie hier? Waren sie eine Art Okkultisten, oder so?

Ich dachte daran, wie oft wir umgezogen waren. Jedes Jahr eine neue Stadt, ein neues Haus. Wahrscheinlich waren sie gar keine richtigen Computerfachleute, sondern benutzten ihren Beruf nur als Tarnung. In Wirklichkeit waren sie die Anführer eines Geheimkultes. Und wir zogen nur deshalb so viel um, weil sie in anderen Städten neue Gruppen aufbauten.

Mir wurde plötzlich furchtbar übel. Unser ganzes Leben war eine einzige Lüge gewesen. Unsere Eltern hatten uns in jeder Hinsicht belogen. Und dann waren sie ohne ein Wort verschwunden, hatten uns für die Bruderschaft verlassen!

Wieder sah ich zu Cara hinüber. Sie blickte starr geradeaus. In ihren Augen stand das blanke Entsetzen.

Was würde mit uns geschehen? Warum hatte Gena uns hierher gebracht?

Auf einmal kam Bewegung in den stummen Kreis. Die vermummten Gestalten rückten näher zusammen. Gena, Cara und ich folgten ihnen.

Mein Blick fiel auf einen flachen Baumstumpf, der sich in der Mitte des Kreises befand. Der Mann mit der Kapuze, der meinen Eltern die Masken abgenommen hatte, führte sie genau dorthin.

In diesem Moment riss eine Windbö dem Mann die Kapuze vom Kopf und entblößte kurze dunkle Haare sowie eine dicke Brille mit schwarzer Fassung. Ich erkannte ihn sofort. Es war Mr Marcus, der Oberbonze von Cranford Industries!

„Darum hat er uns also angelogen", dachte ich. Mom und Dad hatten ihm wahrscheinlich befohlen, uns zu sagen, dass sie nie dort gearbeitet hätten. Sie wollten uns loswerden, um diesen Club von Kuttenfreaks zu leiten!

„Es ist so weit!", rief Mr Marcus, ohne seine Kapuze wieder aufzusetzen. „Brüder und Schwestern der Bruderschaft des Weißen Affen! Wir sind bereit, unser Land zurückzuerobern! Viel zu lange haben wir zugesehen, wie andere die Geschicke unserer Nation lenkten. Doch das ist jetzt vorbei! Unsere Zeit ist da! Schon sehr bald werden wir uns erheben und *mit Gewalt* zurückfordern, was uns gehört!"

Er hob die Arme weit über den Kopf, als er mit donnernder Stimme weitersprach. „Die Regierung dieses Landes hat sich von Kriminellen unter Druck setzen lassen, aber das werden wir ändern! Unsere Rache wird unbarmherzig sein, und nur unser Gesetz wird herrschen! Kein Verbrecher wird mehr sicher sein, wenn unsere Armee erst einmal ihre Fähigkeiten unter Beweis stellt. Wir werden unsere Gemeinschaft und unsere Nation von allen kriminellen Elementen säubern!"

Jubel und Rufe begeisterter Zustimmung drangen aus den Kapuzen der Vermummten hervor – nur meine Eltern standen stumm und bewegungslos da.

„Weg mit den laschen Gerichten! Weg mit der unfähigen Polizei! Es lebe die Bruderschaft!", schrie Marcus, und wieder hallte der Beifall der Menge durch den Wald.

Als die Rufe verebbten, ließ Marcus die Arme sinken und warf meinen Eltern einen scharfen Blick zu. „Und diese Verräter werden die Ersten sein, die unsere Vergeltung zu spüren bekommen!", rief er aus.

Verräter? Was meinte er damit?

Wieder riss er die Arme hoch. In seiner rechten Hand glitzerte jetzt ein Messer mit einer langen, gefährlich aussehenden Schneide.

„Die Bruderschaft des Weißen Affen kennt keine Gnade für Verräter! Unsere Rache ist unbarmherzig!“, wiederholte er mit lauter Stimme. Wieder jubelte ihm die Menge zu.

Der Wind hatte aufgefrischt und mir beinahe die Kapuze vom Kopf geblasen. Gerade noch rechtzeitig konnte ich sie festhalten. Ich hoffte, dass niemand mein Gesicht gesehen hatte.

Als ich wieder zur Mitte des Kreises blickte, bemerkte ich, wie sich ein Mann aus dem Ring der anderen löste und auf meinen Vater zutrat. Er zwang ihn auf die Knie und drückte seinen Kopf auf den flachen Baumstumpf.

„Mark, wir müssen etwas tun!“, flüsterte mir Gena zu.

Marcus hob das Messer hoch über den Kopf meines Vaters. „Das Opfer wird nun vollzogen!“, rief er laut. „So sieht *unsere* Rechtsprechung aus!“

Ich stieß ein leises Stöhnen aus. Mein Kopf pochte, und Schauer der Angst liefen mein Rückgrat hinunter.

Warum hatte ich nur so lange gebraucht, um es zu kapieren? Meine Eltern waren *nicht* die Anführer dieser seltsamen Bruderschaft – sie sollten von ihr ermordet werden! Und sie konnten nicht mal weglaufen oder kämpfen, weil der Mann mit der Kapuze eine Pistole auf sie richtete.

Marcus presste sein Knie in den Rücken meines Vaters und erhob wieder das Messer. „Gestehst du, dass du die Bruderschaft des Weißen Affen verraten hast?“, bellte er.

„Gesteh, Verräter!“, rief jemand aus der Menge.

Der Wind wirbelte jetzt mit voller Wucht über die Lichtung, und ich griff wieder nach meiner Kapuze. Cara drückte verzweifelt meine freie Hand.

„Die Rache ist unser!“, brüllte Marcus.

Langsam senkte er das Messer über den Kopf meines Vaters.

„Nein! Nein! Töten Sie ihn nicht!“, schrie plötzlich meine

Mom auf. Sie griff nach Marcus' Arm und versuchte, ihm das Messer zu entreißen.

Er versetzte ihr einen kräftigen Stoß, sodass sie zur Seite taumelte. Der Mann mit der Kapuze sprang hinzu und hielt meine Mom von hinten mit seinen Armen umklammert. Dann wandte Marcus sich wieder meinem Vater zu, dessen Kopf noch immer auf dem Baumstumpf lag.

„Die Rache duldet keine Verzögerung!“, rief er.

Ich wusste, dass ich sofort handeln musste, wenn ich überhaupt noch etwas tun wollte. Aber wie sollte ich das anstellen? Wenn ich einfach losrannte und versuchte, mich auf Marcus zu stürzen, würde mich bestimmt jemand aus der Bruderschaft aufhalten, oder ich würde sogar erschossen werden.

„Mark …“, drang Caras verzweifelte Stimme an mein Ohr. Sie sah mich flehentlich an, ihre Augen voller Tränen.

Sie machte einen Schritt auf mich zu, stolperte und streifte mich mit der Hand. Dabei spürte ich plötzlich einen Gegenstand in der Tasche meiner Jeans. Schnell griff ich unter die Kutte und holte ihn heraus.

Es war der kleine weiße Affenkopf, den ich in Genas Zimmer vom Boden aufgehoben hatte.

Ohne auch nur eine Sekunde zu zögern, schleuderte ich ihn mit voller Wucht auf Marcus.

Ich hoffte, dass der Schädel Marcus genau zwischen den Augen treffen würde. Wenn er bewusstlos wäre, hätten meine Eltern eine Chance zu fliehen.

Wahrscheinlich hatte Marcus aus dem Augenwinkel eine Bewegung wahrgenommen, denn er blickte genau in meine Richtung, als ich den Affenschädel warf.

„Perfekt“, dachte ich. „Einfach perfekt!“

Die kleine weiße Kugel schoss durch die Dunkelheit. Genau über seine rechte Schulter hinweg. Ich hatte ihn verfehlt. Um mehrere Zentimeter verfehlt.

„Wer war das?“, donnerte Marcus.

Er starrte direkt zu mir herüber.

Kapitel 25

Ich sah nur, dass Mark irgendetwas warf. Und dann, wie Mr Marcus herumwirbelte und meinen Bruder mit wütendem Blick anstarrte.

Ich nahm an, dass Mark ihn verfehlt hatte, aber das konnte man in der Dunkelheit nicht genau erkennen.

„Wer war das?“, brüllte Marcus.

Dann ging er einige Schritte auf uns zu.

Mark wich erschrocken zurück.

Das war genau die Chance, die meine Eltern gebraucht hatten.

Meine Mutter riss sich aus dem Griff des Kapuzenmanns los und schlug ihm die Waffe aus der Hand. Im selben Moment sprang mein Vater auf und versetzte Marcus von hinten einen kräftigen Stoß.

Marcus schrie überrascht auf, als er mit dem Gesicht voran in den Schnee fiel und das Messer seiner Hand entglitt.

Die anderen Mitglieder der Bruderschaft schienen völlig verwirrt zu sein. Einige von ihnen rannten weg, aber die meisten blieben reglos im Kreis stehen.

Mein Vater bückte sich schnell nach der Pistole und kam sofort wieder hoch. Dann kickte er mit dem Fuß das Messer aus der Reichweite von Marcus' Hand, während meine Mutter an seine Seite eilte.

Dad presste Marcus die Pistole in den Nacken. „FBI! Keiner bewegt sich, oder ich schieße!“, schrie er. „Sie sind alle festgenommen!“

Trotz Dads Warnung begannen die Mitglieder der Bruderschaft sich in alle Himmelsrichtungen zu zerstreuen und flohen in den Wald.

Mark und ich warfen unsere Kapuzen zurück und liefen auf unsere Eltern zu. Mom entdeckte uns zuerst. „Ihr … ihr seid hier!“, rief sie fassungslos. Sie stürzte auf uns zu und schloss uns in die Arme. Immer wieder drückte sie uns und murmelte:

„Ich glaub's nicht! Ich glaub's einfach nicht! Ihr seid wirklich hier! Euch ist nichts passiert!"

„Geh zum Haus und fordere Unterstützung an! Sieht so aus, als wären wir hier ein bisschen unterbesetzt", rief Dad ihr nach einer Weile zu. Er drückte die Waffe immer noch fest gegen Marcus' Hals.

„Dad, die anderen türmen alle!", schrie ich.

„Die kommen nicht weit. Ich weiß, wer sie sind", sagte er beruhigend.

Mom packte das Messer und lief ins Haus.

Dad drehte sich zu Mark um: „Sag mal, wo hast du eigentlich werfen gelernt?", erkundigte er sich.

„Entschuldige, Dad", setzte Mark an, aber dann bemerkte er das breite Grinsen auf dem Gesicht seines Vaters.

„Du hast uns das Leben gerettet, mein Sohn."

„Nein, das war Gena", verbesserte Mark ihn und legte Gena einen Arm um die Schulter.

Ein großer Mann in einer Kutte kam langsam auf uns zu. Er hatte beide Hände erhoben, als ob er sich ergeben wollte. „Ich habe versucht, sie aufzuhalten, Greg", sagte er leise. Es war Dr. Rawlings, Genas Vater. „Ich habe getan, was ich konnte. Aber ich hatte solche Angst – Angst um Gena und auch um mich. Wenigstens konnte ich sie davon überzeugen, dass sie eure Kinder in Ruhe lassen."

„Ich weiß", entgegnete mein Dad knapp. „Aber ich fürchte, ich muss dich jetzt verhaften. Wie bist du eigentlich in die Bruderschaft reingerutscht, Rawlings?"

Genas Vater stieß einen schwachen Seufzer aus. „Ich habe an das geglaubt, was Marcus und die anderen gesagt haben – zumindest am Anfang. Ich war überzeugt davon, dass wir etwas gegen das Verbrechen tun mussten, dass dieses Land wieder sicherer werden sollte. Aber ich habe nicht gewusst, dass sie Waffen horten würden, dass sie das Gesetz in ihre eigenen Hände nehmen und … Menschen töten wollten. Ich versuchte auszusteigen, Greg. Aber ich hatte Angst, dass sie dann hinter mir her sein würden."

Marcus starrte Genas Vater mit verkniffenem Gesicht an und spuckte in den Schnee. „Du bist ein elender Feigling, Rawlings. Und für deine Feigheit wirst du sterben. Die Rache der Bruderschaft ist schnell und unbarmherzig“, murmelte er und blickte dann zur Seite.

Dad beachtete Marcus gar nicht und wandte sich an Gena. „Ich denke, ich muss dich um Verzeihung bitten, Gena. Dafür, dass ich versucht habe, dich und Mark auseinander zu bringen“, sagte er. Dann zog er Marcus auf die Füße und schob ihn in Richtung Haus. „Na komm schon! Beweg dich! Ich will endlich aus diesen Klamotten raus. Ich mochte es noch nie, im Bademantel draußen herumzulaufen.“

Gemeinsam gingen wir durch den Wald. „Es tut mir so Leid“, sagte Dad. „Ihr beide habt euch bestimmt furchtbare Sorgen gemacht.“

„Das ist ja wohl die Untertreibung des Jahrhunderts“, meinte ich und lächelte ihn an. In der Ferne hörte ich Polizeisirenen. Mom hatte also schon Verstärkung gerufen.

„Wo ist eigentlich Roger?“, fragte Dad. „Warum ist er nicht hier?“

„Äh, er … er ist tot“, sagte ich leise.

Dad blieb abrupt stehen. Seine Augen zogen sich zu schmalen Schlitzen zusammen, und er schüttelte fassungslos den Kopf. „Oh, nein! Roger war einer unserer besten Agenten. Nachdem die Bruderschaft herausgefunden hatte, dass Mom und ich für das FBI arbeiten, hatte ich schon befürchtet, dass sie ihn verfolgen würden – und euch auch.“

„Außer ihm ist noch ein Mann umgebracht worden. Er nannte sich Murdoch“, sagte ich.

Wieder huschte ein Ausdruck von Trauer und Entsetzen über das Gesicht meines Vaters. „Murdoch war unser Bereichsleiter hier vor Ort. Ihn hat die Bruderschaft also auch getötet?“

„Nein, ein Mann namens Farraday.“

„Farraday!?“ Ungläubig starrte mein Vater mich an. Er schien angestrengt nachzudenken. „Farraday ist hier? Ich wusste nicht, dass sie ihn schon aus dem Gefängnis entlassen haben. Was zum Teufel ..."

„Wer ist dieser Mann, Dad?", unterbrach Mark ihn.

„Er war mal Polizist. Ein Bulle, der ein paar ziemlich krumme Dinger gedreht hat. Deine Mutter und ich waren dafür verantwortlich, dass er wegen seiner kriminellen Geschäfte unter Anklage gestellt und eingebuchtet wurde. Hat er Roger und Murdoch getötet?"

„Wir dachten, er wäre ein echter Polizist", sagte Cara. „Er hatte nämlich Polizeifunk und eine Uniform."

„Jeder kann ein Radio mit der Polizeifrequenz kaufen", erklärte mein Vater.

„Na ja, auf jeden Fall hat er nach euch gesucht. Wir haben ihn in der Garage eingesperrt."

Die Augen meines Vaters füllten sich mit Tränen. Zum ersten Mal in meinem Leben sah ich ihn weinen. „Verzeiht mir!", flüsterte er. „Ich wünschte, ihr beide wärt nie in diese ganze Sache verwickelt worden."

„Jetzt ist doch alles vorbei, Dad", sagte ich und hoffte, dass das auch wirklich stimmte.

Wir folgten Dad zum Haus der Rawlings. Wir waren erleichtert, aber immer noch total durcheinander.

Kapitel 26

„Wir befanden uns wirklich in einer fürchterlichen Zwickmühle“, sagte Mom zu Cara und mir. „Wir wollten euch nicht anlügen, aber wir konnten euch auch auf keinen Fall in diese Sache mit hineinziehen. Wenn ihr gewusst hättet, dass wir FBI-Agenten sind, hättet ihr euch bestimmt ständig Sorgen um uns gemacht.“

Inzwischen waren wir alle vier wieder zu Hause. Die Polizei war schon da gewesen, um Farraday mitzunehmen und die Leichen von Roger und Murdoch abzutransportieren. Dad hatte uns heiße Schokolade gemacht, und jetzt saßen wir am Küchentisch und unterhielten uns. Wir waren überglücklich, wieder zusammen zu sein.

„Dann seid ihr also gar keine Computerexperten?“, fragte Cara. Sie sah ziemlich verwirrt aus.

„Natürlich sind wir das. Wir wissen eine Menge über Computer. Aber wir wissen noch mehr über gefährliche Untergrundgruppen.“

Mom seufzte tief. „Es ist keine besonders angenehme Arbeit. Ich denke, das habt ihr ja heute Nacht selber erlebt.“

„Und deswegen sind wir auch immer so oft umgezogen, nicht wahr?“, fragte ich nach.

Mom nickte. „Dad und ich waren uns einig, dass ihr eine ganz normale Kindheit haben solltet – so normal wie möglich jedenfalls. Darum haben wir euch auch nicht die Wahrheit gesagt.“

„Und bis jetzt sind wir doch auch sehr glücklich gewesen“, bemerkte Dad.

„Das sind wir immer noch!“, unterbrach ihn Mom. „Glücklich, am Leben zu sein.“

„Das war das erste Mal, dass unsere Tarnung aufgeflogen ist“, meinte Dad nachdenklich und rollte die Tasse in seinen Händen hin und her. „Die Anhänger der Bruderschaft des Weißen Affen wollten uns wirklich umbringen.“

„Aber warum, Dad?“, fragte ich. „Warum haben all diese Leute getan, was Marcus wollte?“

„Er war ein überzeugender Anführer mit einer starken Ausstrahlung“, antwortete Dad. „Und er hat ihnen genau das gesagt, was sie hören wollten. Die Mitglieder der Bruderschaft waren davon überzeugt, dass er sie zu einem besseren Leben führen würde.“

„Wo seid ihr eigentlich die ganze Zeit gewesen?“, wollte ich wissen.

„Marcus hat uns drei Tage im Keller von Cranford Industries gefangen gehalten“, erzählte Mom. „Er musste bis zum Treffen der Bruderschaft warten, bevor er uns umbringen konnte.“

„Habt ihr nun eigentlich in Cranford gearbeitet oder nicht?“, fragte Cara.

„Ja, natürlich“, sagte Mom lächelnd. „Dadurch sind wir doch erst an die Bruderschaft herangekommen. Marcus und seine Anhänger hatten die komplette Übernahme der Firma geplant. Dadurch hätten sie Zugriff auf eine Menge geheimer Regierungswaffen gehabt.“

„Und ich bin sicher, sie hätten sie auch benutzt“, bemerkte Dad und schüttelte den Kopf. „Sobald sie irgendwie die Chance dazu gehabt hätten.“

„Aber die Familie Burroughs hat ihnen einen dicken Strich durch die Rechnung gemacht!“, rief Mom, und wir jubelten alle gleichzeitig los.

„Mark, ich hoffe, du hast jetzt Verständnis dafür, dass wir versucht haben, dich vor Gena zu warnen“, sagte Dad und legte eine Hand auf meinen Arm. „Wir waren schon länger dabei, Beweismaterial zusammenzutragen, um die Mitglieder der Bruderschaft zu verhaften, und wir wussten bereits, dass Genas Vater auch zu ihnen gehörte. Ich wollte dich da raushalten, aber ich konnte dir den wahren Grund natürlich nicht nennen.“

„Ich glaube, Gena hat uns alle überrascht“, meinte ich nur und fragte mich, was sie wohl gerade machte.

„Sie ist ein sehr tapferes Mädchen“, sagte Dad anerkennend.

„Und was ist mit Roger? Er war also gar nicht unser Cousin, sondern hat für euch gearbeitet?“, fragte Cara.

„Ja, er war einer unserer Agenten.“

„Er hat sich so verdächtig benommen, nachdem ihr verschwunden wart“, erzählte Cara. „Wir wussten wirklich nicht, was wir von ihm halten sollten.“

„Ich nehme an, er hat verzweifelt versucht, uns zu finden“, sagte Dad. „Er und Murdoch. Wahrscheinlich haben sie überall nach uns gesucht.“ Er sah zu Mom hinüber, die sich mit traurigem Gesicht abwandte.

Schweigend tranken wir unsere heiße Schokolade aus. Es gab nichts mehr zu sagen. Alle Fragen waren beantwortet. Fast alle.

„Und was machen wir jetzt?“, fragte ich.

„Es wird wieder einen neuen Fall geben“, antwortetet Mom. „Aber dieses Mal wird es ein bisschen anders sein. Schließlich haben uns unsere eigenen Kinder enttarnt.“

Am Samstag packten Mom und Dad bereits wieder die Kartons und bereiteten alles für den Umzug vor. Kurz nach dem Frühstück klingelte es an der Tür. Es war Gena. Hinter ihr sah ich ein Taxi in der Auffahrt stehen.

„Hallo! Komm doch rein“, sagte ich.

„Ich hab leider keine Zeit. Ich bin auf dem Weg zum Flughafen.“

„Wo fliegst du hin?“

„Nach Detroit. Zu meiner Mutter. Ich werde ab jetzt bei ihr leben ..., während mein Dad ..., du weißt schon.“

Ich nahm ihre Hand. „Bist du okay?“, fragte ich besorgt.

„Ja, ich denke schon. Aber es wird eine ganze Zeit dauern, das alles zu verarbeiten. Und ich ... ich werde dich vermissen.“

„Ich ... also ... wir gehen auch weg. Ich weiß noch nicht, wohin“, sagte ich, „aber ich werde dir auf jeden Fall schreiben.“

„Das ist schön. Ich dir auch." Der Taxifahrer drückte ungeduldig auf die Hupe. Er hatte es offenbar eilig. Gena stellte sich auf die Zehenspitzen und küsste mich. Im Gegensatz zu ihrem kühlen Gesicht fühlte sich ihr Mund sehr warm an. Es war ein langer, wunderbarer Kuss, den ich nie vergessen würde.

Dann drückte sie mir ein kleines Päckchen in die Hand und lief zum Taxi, ohne sich noch einmal umzusehen.

Ich trat auf die Vorderveranda und blickte ihr nach. Sie winkte mir noch einmal zu, und im nächsten Moment war das Taxi verschwunden.

Ich öffnete das Päckchen, das sie mir gegeben hatte. Es enthielt eine kleine Schachtel, wie sie normalerweise für Schmuck benutzt wird. Darin lag ein kleiner weißer Affenkopf mit funkelnden Augen.

„Warum hat sie mir ausgerechnet den geschenkt?", dachte ich erstaunt.

Ich holte den Affenkopf aus der Schachtel. Irgendetwas steckte in seinem grinsenden Maul. Es dauerte eine Weile, bis ich es herausgezogen hatte. Es war ein schmaler, zusammengerollter Streifen Papier, auf dem Genas Adresse in Detroit stand. Und außerdem die Worte: „Kannst du ein Geheimnis für dich behalten? Ich liebe dich. Gena."

Ich rollte das Papier wieder auf und steckte es zurück in das Affenmaul. Dann hielt ich den Kopf ganz fest in meiner Hand. Zum ersten Mal fühlte er sich nicht kalt, sondern angenehm warm an. Ich warf ihn hoch in die Luft, fing ihn wieder auf und steckte ihn in meine Hosentasche.

Ich brauchte ihn nicht, um mich an Gena und an all das, was in der Fear Street passiert war, zu erinnern. Aber ich würde ihn trotzdem für immer behalten.

Über den Autor

„Woher nehmen Sie Ihre Ideen?“
Diese Frage bekommt R. L. Stine
besonders oft zu hören.
„Ich weiß nicht, wo meine Ideen herkommen“, sagt er. „Aber
ich weiß, dass ich noch viel mehr unheimliche
Geschichten im Kopf habe, und ich kann es kaum
erwarten, sie niederzuschreiben.“
Bisher hat er über fünfzig Kriminalromane und
Thriller für Jugendliche geschrieben,
die in den USA alle Bestseller sind.
R. L. Stine wuchs in Columbus, Ohio, auf.
Heute lebt er mit seiner Frau Jane und seinem Sohn Matt
unweit des Central Park in New York.